徳間文庫

「須磨明石」殺人事件

内田康夫

徳間書店

目次

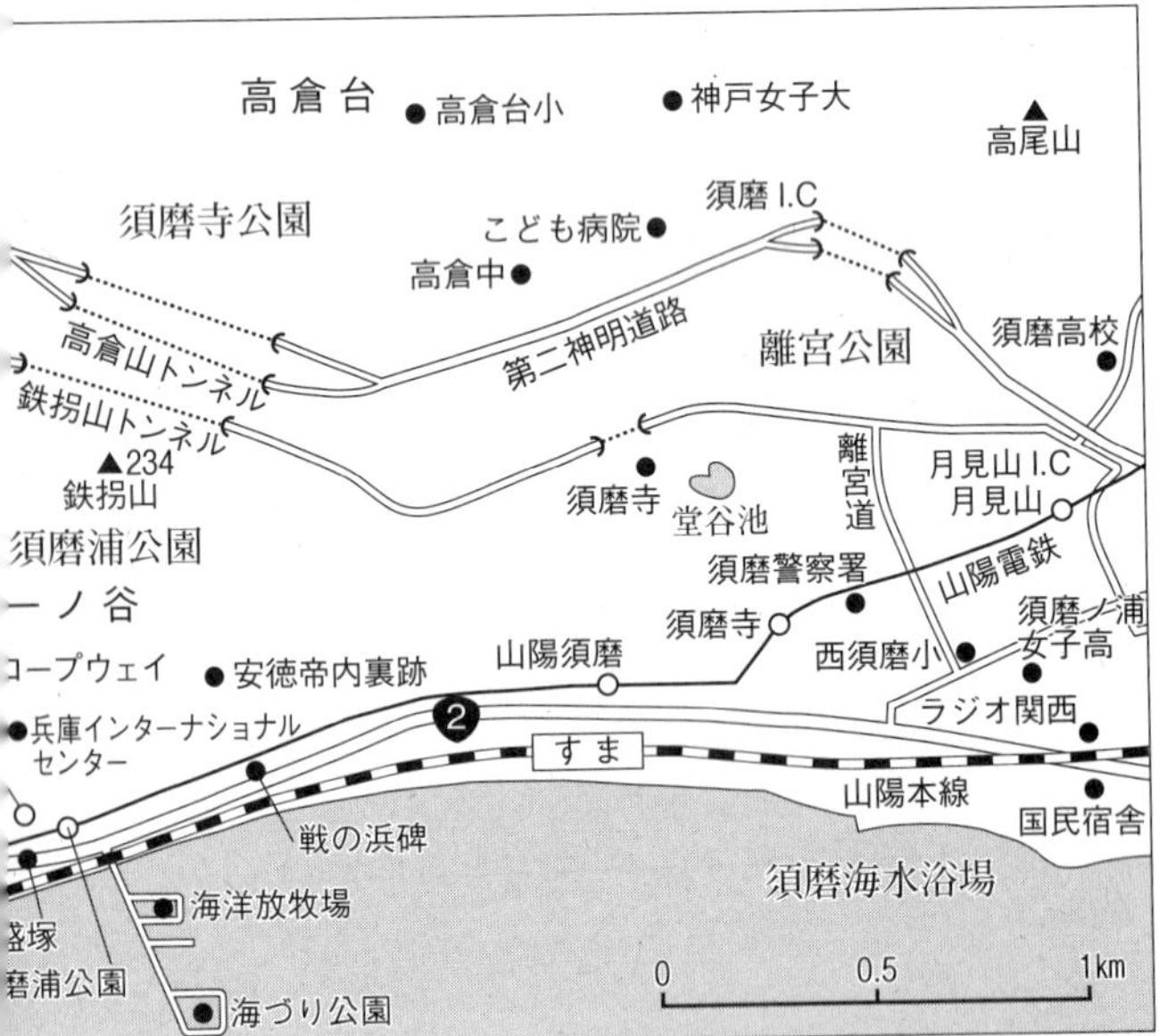

高倉台
高倉台小
神戸女子大
高尾山
須磨寺公園
須磨 I.C
こども病院
高倉中
第二神明道路
高倉山トンネル
鉄拐山トンネル
離宮公園
須磨高校
234
鉄拐山
須磨寺
堂谷池
離宮道
月見山 I.C
月見山
須磨浦公園
一ノ谷
山陽電鉄
須磨警察署
須磨寺
須磨ノ浦女子高
ロープウェイ
安徳帝内裏跡
山陽須磨
西須磨小
ラジオ関西
兵庫インターナショナルセンター
2
すま
山陽本線
国民宿舎
戦の浜碑
須磨海水浴場
海洋放牧場
塚
浦公園
海づり公園
0
0.5
1km

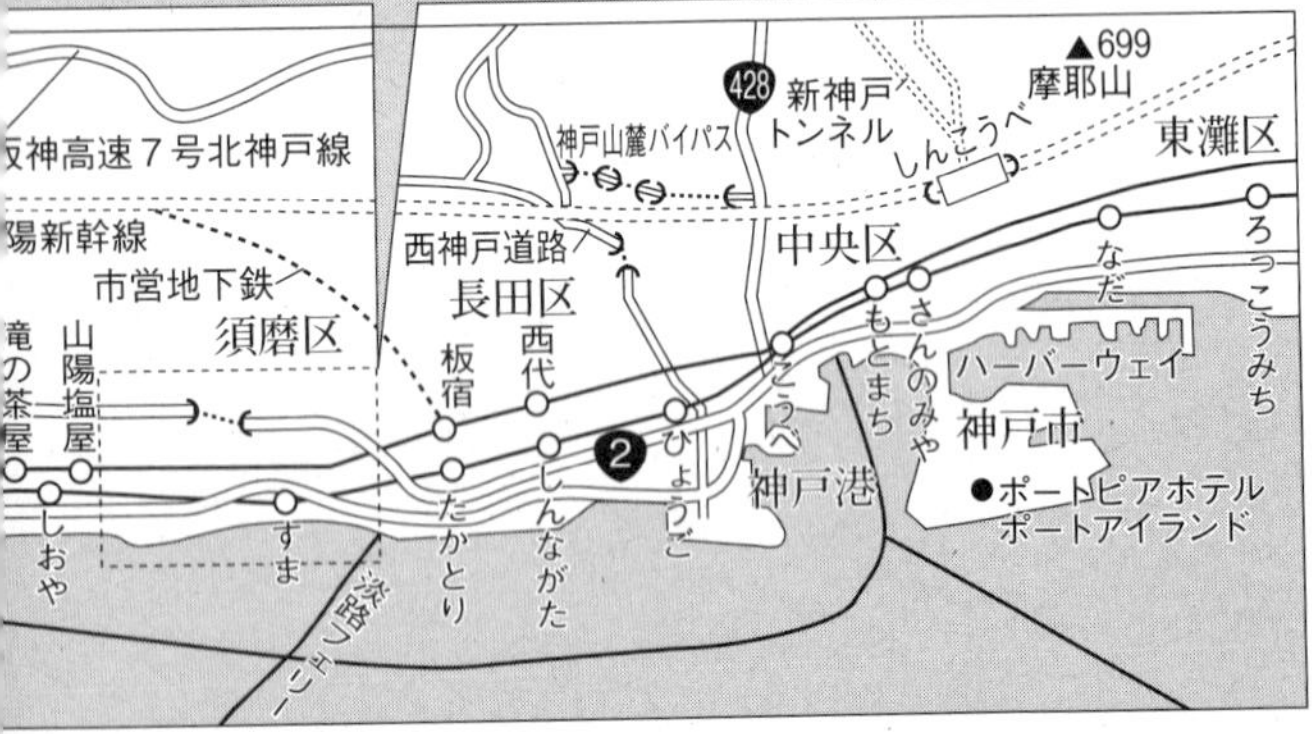

699
摩耶山
428
新神戸トンネル
神戸山麓バイパス
しんこうべ
東灘区
阪神高速7号北神戸線
陽新幹線
西神戸道路
中央区
市営地下鉄
長田区
須磨区
滝の茶屋
山陽塩屋
板宿
西代
もとまち
さんのみや
なだ
ろっこうみち
ハーバーウェイ
こうべ
ひょうご
2
神戸市
神戸港
ポートピアホテル
ポートアイランド
しおや
すま
たかとり
しんながた
淡路フェリー

明石～神戸
須磨周辺
おのまち
山陽自動車道
(建設中)
加古川市
いちば
ほうでん
加古川
かんの
ひおか
かこがわ
やくじん
三木鉄道
2
高砂市
ひがしかこがわ
山陽本線
尾上の松
浜の宮
別府
250
つちやま
稲美町
明石西I.C
播磨町
播磨町
大久保I.C
第二神明道路
うおずみ
東二見
山陽魚住
西江井ヶ島
江井ヶ島
175
おおくぼ
玉津I.C
にしあかし
中八木
藤江
西区
伊川谷I.C
伊川谷J.C.T
山陽電鉄
明石原人腰骨発見地
あかし
明石城跡
柿本神社
天文科学館
明石市
播磨灘
林崎松江海岸
西新町
山陽明石
人丸前
大蔵谷
あさぎり
舞子
霞ヶ丘
山陽
東
明石海峡フェリー
西舞子
まいこ
移情閣
関西汽船
たるみ
明石海峡大橋
(建設中)
平磯海づり公
岩屋
0
1
2km
汚水処理場
塩屋北小
旗振山
(茶屋)
25
山上遊園広場
リフ
ドレミファ
噴水パレス
回転展望閣
カーレーター
須磨観光ハウ
芭蕉句碑
蕪村句碑

プロローグ

J新聞社大阪支社の富永《とみなが》が浅見《あさみ》家を訪れたのは、十一月一日のことである。この日は日曜日だったが、浅見光彦《みつひこ》にとっては日曜も休日も関係はない。昨夜遅く、四国松山《まつやま》の旅から帰って、けさの未明までワープロに向かっていた。明後日《あさって》いっぱいまでに仕上げる約束の原稿が、予定より大幅に遅れている。そのことは気になるけれど、睡魔には勝てない。午前四時二十分まで頑張ったが、ちょっとひと休みのつもりでベッドに横になったら、そのまま意識を失った。

「坊っちゃま、坊っちゃま、起きてください」という須美子《すみこ》の声で意識が戻った。

「ん？　何？　ごはん？　いま欲しくないから、もうちょっと寝かしといて」

「違いますよ、お客さまです」

「お客？　だったら、まだ出来てないって言ってくれない。ん？　いや、あと二日あるじゃないの。脅かさないでよ」

「そうじゃありません、初めてのお客さまですよ。大阪のJ新聞社の方が『浅見先生はご在宅ですか』って……坊っちゃま、先生ですってよ、せ・ん・せ・い……」

声が上擦っている。

「よしなよ、おとなをからかうのは」

「からかってなんかいませんよ。ほんとにほんとなんですから。ほら、お名刺をいただきましたよ」

須美子は白い紙片を浅見の寝ぼけ眼の上でヒラヒラさせた。

「J新聞の文化部の偉い方みたいですよ。きっと坊っちゃまに大きなお仕事をご依頼に見えたんですよ。だって、先生っておっしゃったんですもの」

「先生」で大きなお仕事なら、日本全国、大きなお仕事だらけだと思ったが、浅見は仕方なく起き出ることにした。「大きなお仕事」に魅力を感じないといえば嘘になる。

よほどひどい顔をしていたにちがいない。初対面の挨拶《あいさつ》を終えると、客は「お疲れのところ、申し訳ありません」と詫《わ》びた。四十五、六歳といったところか。そう上背はないけれど、がっしりした体型や押しの強そうな容貌《ようぼう》は、どことなく『旅と歴史』の藤田《ふじた》編集長に似ている。

そう思ったら、富永がいきなり「藤田」の名前を言ったので、浅見は驚いた。

「『旅と歴史』の藤田氏に、ぜひ浅見さんのところへ行けと勧められまして……」

藤田とは大学の同期なのだそうだ。こういうことがあるとなると、あの憎たらしい地上げ屋編集長との友好関係も大切にしなければならない。

「それで、ご用件とおっしゃるのは何でしょうか？」

浅見は期待感に胸を膨らませて訊《き》いた。

「じつは、奇妙な事件がおきまして」

「えっ、事件？……」

浅見はいやな予感がした。

「はあ、そうなのです。で、その話を藤田氏にしたところ、そういうことであるならば、浅見先生にご相談申し上げろと、こう勧められた次第です」

藤田が「先生」だの「ご相談」だのと言うはずはないに決まっているが、いずれにしても、これは「大きなお仕事」の依頼どころか、浅見の裏仕事であり浅見家のタブーである「探偵業」の話であるらしい。

それにしても、こんなふうに、いきなり事件の相談が持ち込まれることはほとんどない。いつだって、何かの取材旅行の途中や、犬が歩いて棒に当たったように、心ならずも事件に巻き込まれるパターンばかりだ。

ときには「心ならずも」どころか、こっちから好奇心をそそられて、事件の渦中に飛び込んでゆくケースもあるけれど、そういう場合といえども、浅見としては一応「心ならずも」を標榜《ひょうぼう》しなければならない。

何しろ浅見の本業はあくまでもルポライターなのであって、かつ、それ以前に、押しも押されもしない浅見家の居候であることを、片時も忘れてはならない。本業をほったらかしにして、探偵もどきにうつつを抜かし、あまつさえ警察庁刑事局長であるところの兄の立場を危うくするような真似は、厳に慎まなければならない身分なのだ。

その浅見を頭から私立探偵扱いする人間が二人いる。一人は軽井沢《かるいざわ》に住む推理作家。もう一人は雑誌『旅と歴史』の藤田編集長である。

(参ったな――)

正直、浅見はあてが外れてがっくりした。どうも話がうますぎると思ったのだ。自分の書いたものが大新聞の紙面を飾るなんて、夢を見たほうがどうかしている。よっぽど「お断りします」と言おうと思ったが、朝一番の新幹線で上京したというのを、けんもほろろに帰すのは気の毒だ。

「お役に立てるかどうか分かりませんが、ひと通りお話だけでもうかがいます」

そう言って、念のために応接室のドアの前や廊下に誰もいないことを確かめた。

「わが社の女性編集部員が一人、行方不明になっております」

富永は憂鬱《ゆううつ》そうに切り出した。

「じつに不可解きわまることなのでありまして、彼女は明石《あかし》の自宅をいつもどおりに出て、大阪梅田《うめだ》にあるJ新聞大阪支社へ向かったのですが、その途中、こつぜんと姿を消してしまったのです」

女性が失踪《しっそう》してから、すでに三日目だという。

「といいますと、僕にその女性の行方を捜せとおっしゃるのですか?」

「はい、何とかお願いできないものでしょうか」

「しかし、そんなの無理ですよ。僕は探偵ではありませんから……」

「あ、藤田氏も、浅見さんは必ずそうおっしゃるだろうから、それで諦《あきら》めて帰っちゃだめだと言っておりました」

「しようがない人だなあ……」

浅見は苦笑した。

「こんなことを申し上げるのは失礼かと思いますが、ざっくばらんに、諸費用については、もちろん当社が負担させていただきます。また、日当等、十分とはいえないかもしれませんが、お支払いいたします。そういうことを快しとされないのであれば、取材費という名目にして、何かの原稿をお書きいただくとかですね。私は文化部のデスクをしておりますので、その辺はいかようにもお取り計らいは可能です」

「えっ、すると、僕に何か書かせていただけるのですか？」

「はい、お願いできるのであれば」

夢が実現しそうな、いい話になってきた。いままでこんなかっこいい仕事の注文など、ただの一度だってありはしない。ことにあの藤田ケチケチ編集長ときたひには、原稿料は安い、取材費はケチる、締切りはきつい――と三拍子揃っている。おまけに雑誌の売れ行きの悪いことまで、自分の編集方針の拙劣なのを棚に上げ、ほんの四、五ページ分しかない浅見の文章のせいにしたがる。

（どうも話がうますぎるな――）

しかし浅見は警戒した。おいしいエサには気をつけろ、ということもあるし――と考え込んでいるのを見て、富永は不安になったらしい。

「お忙しいことは重々、承知しております。しかし、前途有為の若い女性編集者の、いのちに関わることでありますので、まげてご承諾いただきたいのですが」

「分かりました」

浅見は頷《うなず》いた。つい最近、若いとはいえないが、『旅と歴史』の女性編集者を見殺しにして、悲しい想いを味わったばかりであった。嘘でも騙《だま》されても、とにかく逡《しゅん》巡《じゅん》しているべきではない。

「何ができるか自信はありませんが、お引き受けします」

「えっ、それではご承知いただけますか」

富永はほっとしたように背筋を伸ばした。頬の筋肉が緩み、充血した目が和んだ。

「片付けなければならない仕事を抱えていますので、すぐにとはいきませんが、十一月四日にはそちらに向かいます」

「ありがとうございます。ホテルは神戸《こうべ》のポートピアホテルを予約しておきます」

「えっ、もったいない。そんな上等なホテルじゃなくていいですよ。いつもは一泊四千円ぐらいのところばかりなんですから」

「ははは、神戸にはそんな安いホテルはないと思いますよ」

富永はようやく笑顔を見せる余裕ができた。

第一章　子午線に立つ男

1

朝早くから霧笛が聞こえると思ったら、海峡は霧が立ち込めていた。窓を開けると、空気の冷たさが昨日と違う。

（もう冬がくるのか——）と由香里《ゆかり》は中年女のような感慨をいだいた。

そういえば、由香里は一週間前、はたちになった。こんどの正月には成人式を迎えるわけだ。いやだなあ——と思う気持ちと、新しい冒険に向かって旅立つような、心楽しい気持ちとが半分ずつ、ある。

はたちになるのはいいけれど、あの成人式の仰々しさだけはなんとかならないかな——と思う。いいトシの男と女たちが、全員七五三もどきに着飾って、勢揃いするなんて、とても正気の沙汰《さた》とは思えない。とはいうものの、いざその日になると、自分もピラピラしたものを着て、公民館なんかに出掛けたりしちゃうのかもしれない。

だいたい私は主体性に欠けるのよ――と、妙なところで由香里は反省させられた。

父親が教師をしていて、その姿を見せつけられていたから、将来は絶対に教師になんかならないと誓っていたのに、大学へ行くと、しっかり教職課程をとっている。

大学そのものにしても、女子大なんかには行かないと言いながら、いつのまにか女子大に入って、けっこう毎日の生活をエンジョイしているのだ。

いまのところ、由香里の主張は「絶対、結婚なんかしない」である。残っているのはこれしかない。由香里は一生、気楽な独身でいて、好きな歴史の勉強に生涯を捧《ささ》げる――つもりでいるのだが、これまでがこれまでだけに、あまり自信はなかった。

「由香里、パンが焼けたわよ」と母親の呼ぶ声が、香ばしい匂いと一緒に階段を上がってきた。「はーい」と答えたが、由香里は窓から離れずに、海峡を眺めていた。

薄日が射して、眼下の街の甍《いらか》がキラキラとさざ波のようにうちつづく彼方《かなた》に、霧に眠る明石海峡《あかしかいきょう》が横たわっている。霧が晴れれば、対岸の淡路島《あわじしま》を背景に、大船小船がひっきりなしに行き交って、飽きることがない。

由香里は自分の家から眺める景色が気に入っている。明石の街の中では、ビルやお城の天守閣をべつにすれば、人丸町《ひとまるちょう》の高台の街がいちばん眺望もよく、住宅地としてもロケーションに恵まれている。「人丸」という、何やら由緒ありげな町名も自慢だった。

人丸とは、もちろん万葉歌人柿本人麿《かきのもとのひとまろ》のことである。柿本人麿は旅の途中、明石の風光を愛《め》でて、沢山の歌を詠んでいる。〈天離《あまざか》る夷《ひな》の長道《ながじ》ゆ恋ひくれば明石の門《と》より大和島見ゆ〉は由香里の好きな歌だ。

その人麿を祀《まつ》った「柿本《かきのもと》神社」が、崎上《さきがみ》家と道ひとつ隔てた向かい側の岡にある。だから、人麿が歌を詠んだのも、きっとこの辺りだったにちがいない。

当時は海も近く、もちろんこんなに家が建て込んでもいなかっただろう。のどかな岡の上から明石海峡を望んで、あの歌聖・柿本人麿が〈天離る――〉と、しみじみ旅情を詠《うた》った昔が、ほんとうにここにあったのだと思うと、由香里はまるで万葉びとのように、おおらかな気分に浸ることができるのである。

高台から坂を下りきったところに山陽《さんよう》電車の人丸前駅がある。由香里はここから神戸市の須磨《すま》にある神戸女子大に通う。

山陽電車はJRの山陽本線とほとんど並行して走る。ことに明石から神戸までの区間は海と山が迫っているから、線路がくっつきそうなところばかりだ。

由香里は山陽電車が好きだ。スピードも料金もＪＲにはいまいち劣るけれど、車窓からの眺めだけは断然優《まさ》る。ことに人丸前から山陽須磨までは、ＪＲより山側の、高い位置に路線が敷かれ、人丸町の高台とほとんど同じ目の高さで、明石海峡を見下ろすようにして走る。もちろんＪＲの電車だって、はるか目の下である。

考えてみると、私って、明石と須磨のあいだだけの、ほんのささやかな人生なんだ――などと、由香里はときどき思う。

はたちを過ぎたこれまで、外国はもちろん、修学旅行や両親と一緒の旅行以外に大きな旅をした経験もない。

高校を卒業するとき、友人の何人かは東京の大学へ進んだ。半分はたわむれに「私も東京へ行こうかな」と呟《つぶや》いたときの母親の悲しげな顔を見て、由香里はすぐに「冗談よ」と撤回した。撤回しなくても、本心から東京へ行く気になどなれっこないと、自分でも分かっていた。

由香里の通う神戸女子大は、いわゆるお嬢さん学校とはほど遠い。おかしな言い方だけれど、本気で勉強に来る者の多い大学だ。

入学して、だんだん付き合う仲間がふえるにつれて、中国、四国地方の教師の娘――という、自分と同じような環境で育った人間が多いのには、由香里は呆《あき》れてしまった。

由香里と異なる点は、ほとんどの学生が、ちゃんとした目的意識をもっていることだ。卒業後は地元に帰って高校か中学の教師をやると決めているらしい。

私は到底、あんなふうに、ひたむきにはなれないわね――と由香里は思いながら、そのくせ、いつの間にか彼女たちに引きずられるようにして、けっこう勉強に精を出しているのである。

まったく、自分は環境汚染に弱い体質なのだ――と、つくづく情けない。

大学は六甲《ろっこう》山系の西端に近い栂尾山《とがおやま》の中腹にある。すぐ真下に須磨離宮《すまりきゅう》公園の広大な森が広がる。離宮公園の先のゆるやかな傾斜地は住宅街である。かつて「芦屋《あしや》マダムに須磨夫人」とうたわれたくらい、この辺りは高級邸宅が多い。街の向こうは、穏やかな須磨の海。源平合戦で有名な一《いち》ノ谷《たに》、「青葉の笛」の須磨寺など、史蹟《しせき》名勝に囲まれたようなところだ。

俗悪な風俗営業の店も、看板すらないような風致地区さながらの街で、勉学に勤《いそ》しむにはまたとない環境だが、その代わり、元町《もとまち》や三宮《さんのみや》といった繁華街までは遠い。

四国の高知から来たコが、神戸といえば昼も夜もなく賑《にぎ》やかに遊べる街だと思っていたのに、大いにアテがはずれたと言ってぼやいていた。

先輩の前田淳子《まえだじゅんこ》にその話をしたら「大学に何しに来たつもりかねえ」と憤った。前田淳子も明石の出身で、家は少し離れているけれど、由香里と高校が同じだ。大学始まって以来の才女といわれ、卒業後は四大新聞のひとつJ新聞社に入った。淳子が新聞社を受けると言ったとき、就職担当の庶務課長が「無理じゃないの」と難色を示した。地元の新聞社には、これまでに何人もの実績があるが、四大紙には歯が立たないだろうというのだ。「それで頭にきて、頑張ったら、入れちゃったの」と、淳子は自分でもびっくりしていた。

しかし、とにもかくにも、頑張ればいかな難関も突破できる——という前例が生まれたことによって、神戸女子大生の士気は大いに上がったのである。

由香里が入学したとき、前田淳子はすでに四回生だったから、大学ではわずか半年あまりの付き合いだが、高校や史学科の先輩としてばかりでなく、妙にウマが合って、親しくしてもらった。

淳子の卒業論文が一風変わっていて、彼女が卒業したあとあとまで、ちょっとした評判になった。卒論のタイトルは『玉子焼きに見る文化度の考察』というものである。

玉子焼きといっても、フライパンの上でジューッとやる、あれではなく、明石では、いわゆるタコ焼きのことをそう呼ぶ。大阪辺りのタコ焼きと異なり、タマゴを多めに使う。したがって、でき上がりはきわめて柔らかく頼りないのだが、それをうすくち醬油《しょうゆ》で味つけしたダシ汁に浸して食べると、これはもう、こたえられない美味で、いくつでも食べられる。

明石駅周辺には、玉子焼き屋が何軒もあって、遠く東京辺りからの観光客が行列を作っているのだが、子供のころから、玉子焼きに馴《な》れ親しんでいる由香里は、べつに何の変哲も感じたことはなかった。

その玉子焼きを取り上げて、卒業論文のテーマにするのだから、それだけでも前田淳子のユニークさが想像できる。論文の内容は、「玉子焼き」の明石と「タコ焼き」の大阪を対比させることによって、両者の文化の傾向に著しい差異のあることを論じたものだが、いろいろな事例を引っ張り出してきて、食文化にとどまらず、社会習慣のさまざまな部分で、「玉子焼き文化」と「タコ焼き文化」の特性が、如実に示されている——ことを立証してみせている。

その卒論は由香里も見せてもらったが、はじめからしまいまで、笑い通しだった。まじめくさった筆致で、ばかばかしいと思えるようなことを、微に入り細をうがって書き立てているのが、いかにもおかしい。

テーマを思いつくこともすごいけれど、玉子焼きから文化論を展開するという発想の特異さは、タダモノではない。

そこへゆくと、この私なんか——と、由香里はわが身の個性の乏しさ、主体性のなさが恥ずかしい。

しかし、淳子に言わせると、「由香里はすぐれ者だねえ」ということになる。

「どこが？」と由香里は笑ってしまった。

「私なんか、何もありませんよ」

「いや、それがそうでないのよ。あなたの柔軟性は並じゃないものね。こっちを押すと、あっちがフワッと出っ張るみたいな、ものに逆らわないくせに、そう簡単にはめげないシンの強さがあるのよ」

「ほんとですか？　だったら背中を両手で押してほしいなあ」

「ん？　ああ、ははは、あほやねえ……」

淳子は男っぽく笑った。

実際、淳子の物の考え方には、男っぽい——というより男勝りのところが、少なからずある。もっとも、彼女に言わせれば、「男勝り」という表現自体、男性を一段上に見ていることになるので、大いに不満らしい。

「女勝りの男——なんていう言い方はしないものね」

なるほど――と、由香里はただただ感心するばかりである。

大阪の新聞社に通う前田淳子とは、人丸前駅でよく一緒になって、同じ電車に乗った。人丸前から山陽須磨までは十八分ばかりだが、会話を楽しむのには、ちょうど手頃な距離だ。世の中の動き――由香里の苦手とする政治問題からファッションの傾向にいたるまで、淳子はじつによく知っていて、世間話のような会話の中から、いつの間にか知識を仕込ませてもらえる。それにも増して、キャリアウーマンへの道をひた走る淳子の生き方そのものに、学ぶべきことが多かった。

「今度、はじめて私の企画が通って、ちっぽけだけど、文化欄のコラムを任せてもらえることになったわ」

意気込んだ口調で、熱っぽく語る。

「へえー、すごいですね。それって、大抜擢《ばってき》なんでしょう?」

「まあね。正直、まだ駆け出しだから、デスクの厳しいチェックは覚悟しなきゃならないと思うけど。でも、一応認めてくれたってことは確かよ。もっとも、テーマが地元の明石の話だってこともあるかな」

「明石って、また玉子焼きの文化論ですか?」

「あははは、あほなこと言わんといて。あれは田中《たなか》先生の度胆を抜くのが目的だったのだから」

淳子は、謹厳実直で、まったく面白味のない民俗学の教授の名前を言って、のけぞるようにして笑った。

「テーマは明石原人の話よ」

「ああ」と由香里は納得した。

明石で有名なのは、第一に日本標準時の原点である、東経一三五度を通る子午線。第二が明石原人。あとは三、四がなくて、明石城や柿本神社、源氏物語の里、魚《うお》の棚《たな》市場、玉子焼き……と並ぶ。

「明石原人の骨が本物かニセモノかっていうの、あれはまだ結論に達したわけじゃないみたいなのよ。発見されたのが一九三一年で、それからもう、六十年も経過しているのだけど、その間、本物だニセモノだって、左右に論議がぶれているんだな。それが、十年前に発表されたニセモノ説で決着がついたかと思ったら、一九八六年の発掘調査で、加工された痕跡《こんせき》のある木片が出土して、また本物説が見直されたってわけ。明石原人自体にも興味があるけど、その論争の過程もじつに面白い。学者のエゴっていうのかな、名誉欲と名誉欲のぶつかりあいだわね。それに、相手の学説が正しいと気づいても、それを認めちゃうと、自分の拠《よ》っている学説が否定される危険性もあったりするから、絶対に譲れないのよ。そういう話を拾い集めながら歩き回っていると、仕事だなんてこと忘れちゃうくらいだわねえ」

吊《つ》り革にぶら下がりながら、車窓を過ぎる明石海峡を見据えるようにして喋《しゃべ》る淳子の横顔は、見るからにいきいきして、話の内容よりも彼女の魅力に引き込まれてしまう。

ところが、由香里が聞き入っている話の途中で、淳子はふと何かに驚いたように言葉を止めた。由香里がチラッと彼女の表情を窺《うかが》うと、いつもの淳子らしくなく、口をポカーンと開けた、少し間抜けな顔で「変ねえ……」と呟《つぶや》いた。

列車は須磨浦公園駅《すまうらこうえん》に到着したところだった。降り乗りする客が途絶えて、すぐにドアが閉まった。

淳子の視線を辿《たど》ると、改札口の向こうの広場が見える。須磨浦公園駅というのは、その名のとおり須磨浦公園のためにあるような駅だから、駅の周辺には、住宅はあまりないので、通勤通学時の乗降客は少ない。それでも、これから電車に乗ろうと、急ぎ足でやって来る人、挨拶《あいさつ》を交わしたり立ち話をする人たちがチラホラ見える。

淳子がそういう風景の中の何を見ているのか、由香里も関心をもって、窓ガラスの向こうを透かし見た。しかし、淳子が見ているものがどれなのか、由香里には判別できなかった。

「何か、変なものがあるのですか？」

由香里は訊《き》いた。

「ん？　ああ、いまね、ちょっと珍しい顔合わせがあったもんだから……」

淳子は走り出した列車が置き去りにするホームを、なごり惜しそうに、首を伸ばすようにして振り返っている。

「珍しい顔合わせって、あそこで立ち話をしていた人のことですか？」

「うん、由香里も見た？　黒っぽいジャンパーを着ていた男の人」

「ああ、改札口の右側のところにいた、あの人ですか？　二人とも同じような恰好《かっこう》してましたけど」

「そうそう、よく見てたわね」

「ええ、だって、あんな似たような恰好してれば、目立ちますよ。それで、あの人たちは誰なんですか？」

「誰って言われても困っちゃうけど、このあいだ、取材先で会ったの。その時はおたがいに悪口言っていたのに……だけど、あんなところで何をしていたのかなあ？……」

淳子は怪訝《けげん》そうに、視線を宙にさまよわせて、最後はぼんやりと遠くのどこかを見つめ、何かを考えている目になった。

山陽須磨駅に着いて、由香里が「じゃあ失礼します、行ってらっしゃい」と声をかけると、淳子は「あっ」とわれに返ったように振り向いた。

由香里がホームに出た時、淳子は慌てた様子で、網棚に載せてあった書類入れを取ると、何か言いたそうにしながら、こっちに向かって足を踏み出すような素振りを見せた。

（降りるのかしら？――）と由香里が不審に思った時、ドアが閉まった。

電車が動きだし、人込みの隙間から、チラッと覗《のぞ》いた淳子の顔が、なんだかずいぶん遠い人のように思えた。

2

十一月三日の文化祭の翌日は休みだった。その翌日も、なんとなく気分がだらけた感じで、休講が二つ続いた。

由香里は十時ごろから図書館にこもって、源氏物語の資料調べに没頭した。

まだ卒論のことなど考えるには早すぎるのだが、由香里は卒論のテーマを源氏の「須磨の巻」「明石の巻」に決めている。一年の三分の二は、明石と須磨のあいだを往復する自分にとって、まるで誂《あつら》えたような材料であった。

神戸女子大の図書館は創立五十周年を記念して建てられた、地上三階地下二階の豪勢なものである。建物もさることながら、内部の設備が超デラックスで、ホール、会議室がいくつもあり、閲覧室のはてにいたるまで、ＡＶ機器が完備している。

まあ、その設備に見合うだけ、学生どもがちゃんと利用しているかどうかは、かなり疑わしいけれど、少なくとも由香里は、図書館に独りでいる時間が嫌いではない。

人間の一生には、しゃにむに勉強したい時期があるものだと思う。早い人は小学校のころからそうなのかもしれないが、由香里は大学に入ったいまが、やっとその時期のような気がする。高校へ入る時も大学へ進む時も、それほど熱心な勉強はしなかった。受験のための勉強なんか、虚《むな》しいと思った。無理して背伸びして、やっとこさ大学に入ったところで、それで人生の目的の半分くらいを達成したような気持ちになる自分が見えるような気がした。

それに、小学校から高校までのあいだには、想像すらできなかったような、恵まれた勉学施設を、存分に利用しない手はない。同じ学費を払っていながら、図書館にいちども入ったことがないという連中がいるなんてことが、由香里には信じられない。

「須磨」と「明石」は源氏物語の巻の三に収められている。源氏が帝《みかど》の勘気をこうむって須磨の配所で暮らす日々の話である。

源氏物語を読むと、呆《あき》れてしまうのは、源氏の浮気の多いことだ。高貴な身分と美《び》貌《ぼう》をいいことに、あちこちの女性に手を出しては、片っ端からモノにしてしまう。蟄居《ちっきょ》していなければならないはずの須磨の浦の暮らしでも、ちゃっかり「明石の入道」の娘なんかを手に入れたりしている。その明石の娘というところで、まんざら他《ひ》人《と》ごととは思えないのだ。

（こんなの許せない――）と由香里は何度も憤慨した。読めば読むほど、だんだん男性不信に陥りそうな予感がする。

それでいて、源氏には、そこはかとなく魅《ひ》かれるものを感じてしまうのである。自分だって、そこにいれば、きっとあまた女御《にょうご》たち同様、源氏の「毒牙《どくが》」にかかってしまうにちがいない。

だけど、現実の世界には源氏ほどの魅力あふれる男性なんて、いやしないのだ。もし目の前に源氏の君が現れたら、私だって「紫の上」のように手込めにされて上げる――などと、ばかげた空想にうっとり浸った。

「やっぱしここだったのね」

六条御息所《ろくじょうのみやすんどころ》みたいな陰気なアルトに、いきなり現実に引き戻されて振り向くと、篠原愛子《しのはらあいこ》という教務課の女性職員が得意そうに微笑んでやって来る。後ろに二人の里を従えていた。彼女には「女ＣＩＡ」とあだ名されるくらい、学生の動向をキャッチする才能が備わっている。

篠原愛子は連れてきた男性を前に出すようにして、「彼女が崎上由香里さんです」と言い、由香里には「こちら、刑事さん」と紹介した。

学内で教授や職員以外の男性に出会うこと自体ごく珍しい。おまけに相手が刑事だというので、由香里は挨拶も忘れるほどうろたえてしまった。

「崎上由香里さんですね？」

刑事は手帳に挟んだ名刺を取り出した。

〔兵庫県明石警察署刑事課　巡査部長　岡本雄二《おかもとゆうじ》〕

三十歳ぐらいだろうか。顔も体型もがっしりした感じで、いかにも警察官というタイプである。もう一人のほうが年長に見えるけれど、名刺も出さないところをみると、きっと階級は下なのだろう。

「はい、崎上ですけど……」

由香里は立ち上がり、少し尻込《しりご》みするようにしながら答えた。

「前田淳子さんを知ってますね？」

「ええ、知ってますけど……あの、前田さんがどうかしたのですか？」

「あのね、前田さん、先月の末から行方不明なんですって」

篠原愛子が脇から言った。

「それで、崎上さんなら親しくしてはったみたいやし、何か知ってはるのやないかと思って……」

「すみませんが」と岡本部長刑事が手を上げて彼女を制止した。

「あとはわれわれでお聞きしますので、どうもありがとうございました」

「そうですか……そしたら」

篠原愛子は不満そうな顔をして、引き下がって行った。

「行方不明って、ほんとうですか？」

由香里は不安を抑えきれずに、訊いた。無意識に声が大きくなったのか、広い閲覧室にぽつんぽつんといる学生たちの目が、こっちに向けられるのが分かった。

「申し訳ありませんが、ちょっとあちらでお話を聞かせてください」

刑事は先に立ってロビーに出ると、まるで自分の家にでも案内したような仕種《しぐさ》で、由香里に椅子を勧めた。

「崎上さんは前田さんと、かなり親しくしておられたようですね」

「ええ、大先輩ですけど、可愛がっていただいてます」

「なるほど。それで、崎上さんが前田さんと最後に会ったのはいつのことですか？」

「えーと、あれは先週の金曜日だったと思いますから、十月の三十日です」

「どこで会われました？」

「電車です。通学途中、山陽電車でときどき一緒になるのです。前田さんは大阪の新聞社に行ってますので」

「どこで別れました？」

「山陽須磨の駅です。そこで私は電車を降りましたから」

「その時の前田さんの様子ですが、何か言っていたとか、あるいは何か変わった点は見られませんでしたか？」

「変わった点ですか？　いいえ、べつに……あの、前田さん、ほんとに行方不明なんですか？」

「どうもそのようです。三日前、正式にご家族から捜索願が提出されましてね。こうして事情聴取に歩いておるところです」

「…………」

由香里は絶句した。あの淳子が行方不明——という状況がピンとこなかった。明石原人のリポートを書くと言って、眉《まゆ》を上げて、明石海峡を見つめていた彼女のどこにも、行方不明になりそうな予感など抱きようがなかった。

刑事の話によると、前田淳子がいなくなったのは、山陽須磨駅で電車の内と外で別れた、あの金曜日のこと以来らしい。その日以来、淳子の姿を見た者はいないというのである。

「当日、新聞社のほうには出勤しておらんのです。したがって、いまお聞きしたかぎりでは、どうやら崎上さんが最後の目撃者ということになりますな」

刑事は、まるで由香里が前田淳子をどうにかしたかのような目つきをした。

新聞社は朝の出勤時間がルーズだが、前田淳子はきちんきちんと、律儀に時間どおり出勤する。その彼女が、その日にかぎって、全員が出そろった昼近くになっても顔を見せなかった。

打ち合わせの約束もあったし、無断欠勤というのもおかしいと思って、デスクが自宅に電話して、はじめて異変に気づいた。母親は「いつもどおり家を出ました」と言っているのだ。

その時、デスクの富永は（あの野郎、ヘソを曲げやがったな――）と思ったそうだ。前の日に、淳子の書いた原稿のことで、富永はこっぴどくやり込めた。「こんな甘っちょろい取材が活字になると思ってるのか」などと怒鳴った。

淳子は悔しそうに口をへの字にして、黙っていた。（泣くかな――）と富永はなかば期待したが、淳子は涙を見せなかった。しかし、心の内では、死にたいほどの屈辱だったかもしれない。

「やれやれ、妙な気を起こさないでくれりゃいいけどなあ」

富永はジョークを言って、周囲の連中と大いに笑った。

その時はジョークのつもりだったが、時間が経つにつれて深刻になってきた。

昼を過ぎ、三時を過ぎ、ついに事態は容易ならざるものであると思わないわけにいかなかった。

富永デスクにしてみれば、前日の件があるから、怒鳴られたのを悲観したか、それとも頭にきたのかはとにかく、それが原因で辞める気かもしれない――というのが第一感であった。

「近頃の若い連中は、ちょっと面白くねえことがあると、かんたんに辞めやがるからな」と、富永は自棄《やけ》っぱちのように言った。周りの中年の連中の多くがそう考えた。

しかし、若手の何人かは「彼女にかぎって、そんなことはないですよ」と反論した。

「彼女は、いまの仕事に、ある種の使命感を持っていますからね」

「ふーん、使命感ねえ……」

富永は懐かしそうに、そのあまり使われなくなった単語を反芻《はんすう》した。

「しかし、その使命感に燃える女がだ、おれに怒鳴られたくらいで、社に出てこないっていうのは、どう考えたらいいのかね」

若手の部下に八つ当たりぎみに言った。

「いや、だから、デスクの文句が原因だとは思えないってことですよ。何かほかの理由があるんじゃないですか」

「ほかの理由？」

「たとえば事故に遭ったとか、です」

「事故だったら、病院か警察から、とっくに何か言ってきてるだろう」

「どこかの崖《がけ》の下にでも落っこっていれば、分かりませんよ」

「崖？……会社に来る途中だっていうのに、何だってそんなところへ行くんだ」

「そんなこと知りませんよ。たとえばの話なんだから。それ以外にだって、車にはねられて、はねた車が死体を……いや、怪我をした彼女をですね……」

「おい、やめんかい、縁起でもねえ」

富永が真顔で怒鳴って、会話は中断したが、その危惧《きぐ》が消えたわけではなかった。

その日は様子を見ることにして、次の日まで待ったが、ついに前田淳子の消息は途絶えたままだった。

淳子の家には両親と妹がいる。富永は何度も前田家に電話をして、そのたびに家族の不安を増大させる結果になった。

警察に捜索願を出すかどうか、淳子の父親は迷った。「どこかへ遊びに行って、体裁が悪いもんで、出てこられなくなっとるのとちがうやろか」と言い訳のように言った。

そうでなくても、警察の厄介になるのは世間体が悪い——というのが第一の理由だが、それよりも、本音を言えば、癌の検診みたいに、捜索願を出すことによって、自分たちの不安を確定的にするのが怖かったのかもしれない。

日曜日も「もう一日待とう」ということになった。しかし、どう考えたってただごとではない。富永も警察に届けることを積極的に勧めたが、結局、父親の意見に押し切られたかたちで、月曜の朝まで、じっと待つことになった。

届けを受けて、警察はなぜもっと早くに届け出をしなかったのか、父親を叱った。状況から見て、これは単なる家出のたぐいではなく、何らかの事件に巻き込まれた可能性が強いものであると断定した。

いまのところ、身代金の要求といった、具体的な犯行の証拠は何もないが、いずれにしても事件であることはまず間違いない。通常なら防犯課担当になるところを、いきなり刑事課を動員することにしたのは、そのためである。

警察は淳子の友人関係をまずチェックしたが、まったく手掛かりが摑《つか》めない。淳子には男友達はいても、恋人と呼べるような関係の男はいないらしい。同僚や仕事関係を調べ、四日目になって、淳子の出身校である神戸女子大を訪ねた。淳子が親しくしていた何人かの学生に事情聴取を行って、その最後に由香里のところに来たというわけだ。

しかし、刑事に「心当たりは？」と訊《き》かれても、由香里には何も思い当たることがなかった。

ただ、淳子の姿を最後に見たのが、もしかすると自分なのかもしれない――という事実は、由香里に重くのしかかっている。

「その時ですが、どんなことを話しましたか？」と刑事は訊いた。

「どんなって……そうそう、前田さんは明石原人の取材の話をしてくれました」

「明石原人？……」

刑事はキョトンとした目をした。若い娘同士の会話に明石原人が出てくるのは意外に感じたのだろう。由香里はその時の話の内容を、なるべく詳しく説明した。

「なるほど、そんなに仕事に前向きな姿勢だったとすると、自殺だとか蒸発だなんてことは、考えられませんなあ」

「もちろんですよ」

「それで、それ以後は会っていないのですね？」

「ええ、私は山陽須磨の駅で降りて、ドアの向こうにいる前田さんに、行ってらっしゃいって手を振って……それが最後でした」

その時、淳子は何か言いたそうにしていたけれど、だからといって、彼女の様子に、これから失踪《しっそう》するような気配など、まったく感じられなかったことだけはたしかだ。

とりたてて収穫といえるようなものもないまま、刑事はあっさり引き上げて行ったが、それからというもの、由香里の頭の中は淳子の失踪という、思いもよらぬ出来事でいっぱいになってしまった。

ある日突然、一人の人間が消えてしまうなどということが、現実にあるのだ。しかも、淳子の「最後の目撃者」が自分だなんて、そんな、サスペンスドラマみたいなことが、本当に起きたとは……。

(だけど、前田さん、どうなってしまったのかしら?——)

由香里は淳子の「行方不明」の結末をあれこれ想像した。想像はどうしても不吉な方向へ向かってしまう。

淳子と会った十月三十日からはすでに一週間が過ぎようとしている。そんなに長いあいだ、単なる行方不明のままでいるとは思えなかった。

閲覧室に戻って、源氏物語を広げても、ページの上には淳子の面影が浮かんでくる。いまごろはどこでどうなって——などと考えると、断崖《だんがい》の下で無残な姿になって横たわっている淳子が思い浮かんだりして、勉強どころではなくなった。

本館に戻ると、教務課の篠原愛子が寄ってきて、「どうだった?」と訊いた。

「どうって、べつに……でも、前田さん、どうなってしまったんですかねえ?」

「もしかすると、いやなことになっているのかもしれないわね」

「いやなことって……そんな……」

「まさかとは思うけど、でも、最悪のケースも考えたほうがいいわ」

"女CIA"は冷徹な白い顔をして、そう宣告した。

3

ひと晩中、いやな夢を見つづけた。

断崖の下の草むらに得体の知れぬ「何か」が落ちている。いや、由香里にはそれが何か分かっているのだが、分からないと思い込むことにした。

はるか崖下にあるはずなのに、目の前に、視野いっぱいにそのものが見えている。見えているのに、正体は分からない。

その得体の知れぬものが、勝手にこっちの意識の中に入り込んで、ニヤリと笑いかける。「まだ生きているわよ」と言う。こっちへ近寄ってこようとする。

由香里は「生きていたのね、よかった」と言いながら、心の中では（こっちに来ないで――）と叫んでいる。

「大丈夫、死んでるわよ」と篠原愛子の陰気くさい声が言う。六条御息所の生霊の声である。

（そんな、ひどい――）と思う気持ちと、本当は、じっと動かずに死んだままでいて欲しい気持ちとが交錯する。

崖の下の草むらが、いつの間にか消えて、波が寄せている。「明石原人だわ……」と、意識の中の得体の知れぬものが言った。土の上に白い骨が露出して、それに向かって由香里は歩いている。

脇から人が押してきて、行く手を遮ろうとする。「私の骨よ」と抗議するのだが、何人もの人が立ちふさがり、息が苦しいほど、押し合いへし合いした。あたりが真っ暗になって、もう何も見えない。こんなことでは死んでしまう――と必死にもがいて、目が覚めた。どう寝返りを打ったのか、布団が妙な具合に絡まって、ほんとうに息苦しかった。全身にグッショリ汗をかいていた。

頭が重く、瞼《まぶた》が腫《は》れぼったい。起き上がる時、フラッときた感じからすると、風邪かもしれない。

カーテンを開けると、窓の向こうには抜けるような青空が広がっていた。明石海峡はうっすらと靄《もや》がかかって、風もなく穏やかな小春日和であった。

時刻は九時を回っていた。リビングに下りて行くと、母親の伸江《のぶえ》が「どうしたの?」と心配そうに訊いた。

「なんぼ起こしても、起きてきいへんし。大学、遅れてもいいの?」

「うん、一時間目、休講やから」

由香里は嘘をついた。今日は大好きな加藤《かとう》教授の歴史学の講義がある。一年目からずっと休んだことがなかっただけに、取り返しのつかない損をしたような気分だ。

新聞を広げたが、気になる「事件」の記事は出ていなかった。

食欲はなかったけれど、いつもどおりトーストと目玉焼きとミルクの朝食をすませて家を出た。

正午近い人丸前駅はいつもと違う雰囲気であった。プラットホームは閑散として、神戸のデパートにでも買い物に行くらしいおばさんの二人連れが、ベンチでボソボソ語り合っているのと、その向こうのホームの屋根が切れた辺りに、若い男が佇《たたず》んでいるだけだ。

由香里は男の奇妙な仕種《しぐさ》に気がついた。

遠目で、若い——と思ったけれど、実際の年齢はそうでもないのかもしれない。白いテニス帽をかぶり、白に近い淡いグリーンのブルゾンを着ている。背はわりと高く、横顔を見るかぎりでは、眉間《みけん》から鼻、顎《あご》にかけてのラインは形がいい。

男は太陽に向かって真っ直ぐ手を差し延べ、その手を地面に向けて引き下げる動作を、三度繰り返した。

（ああ、子午線の上なのね——）と、由香里はすぐに分かった。

人丸前駅のホーム上には東経一三五度の子午線が、ほぼ直角に横切るように、赤い塗料で印されてある。その線を真北の方角に辿《たど》ると、二百メートルばかり先に明石天文科学館のドームが聳《そび》え立っている。逆に真南に向くと、ちょうど正午の太陽を振り仰ぐことになる。つまり、彼は科学館と太陽を結ぶ線上に佇んでいるわけだ。

どこかで正午を告げるサイレンが鳴った。男はチラッと腕時計を見て、また太陽を仰ぎ、両腕でガッツポーズを作って、「よし」と言った。

おばさんがお喋《しゃべ》りをやめてそっちのほうを見たほどだから、ずいぶん大きな声であったことは確かだ。

大の男がこどもじみたことをして、少しおかしいのじゃない？——と思った時、男のほうもそれに気づいたのか、こっちに視線を向けて、照れたような笑いを浮かべた。由香里は急いで顔をそむけたが、それは少し自意識過剰で、考えてみると、彼はおばさんのほうを見たのかもしれなかった。

電車が来て、男のことはそれっきりになった。

車内はガラガラに空《す》いていたが、由香里はいつもどおり立ったままでいた。お年寄りに席を譲るべきか譲らないかで悩むより、いっそ、はじめから席に座らないでいたほうがよほど気楽だ——という主義である。かりに空いていたとしても、自分が若いと思えるうちは、乗物の中では立っているつもりであった。

きょうの明石海峡は靄もなく、淡路島が松の木の形までくっきりと見える。そのはるか手前にそそり立つ明石海峡大橋の橋脚はもう二百メートルを超える高さまで建設作業が進んだそうだ。

須磨浦公園駅に着いた時、由香里はふと、前田淳子のことを思い出した。

朝の通勤時間と違って、昼間の須磨浦公園駅は観光客の数が多い。ロープウェイで鉢伏山《はちぶせやま》のてっぺんに登ると、三六〇度のパノラマがすばらしい。改札口には、いま発車した下り電車から降りたばかりの客が、大勢つめかけて、駅前広場が見えないくらいだ。それなのに、どういうわけか、由香里の脳裏には、あの十月三十日の朝の、物寂しい風景が思い浮かんだ。

改札口を右のほうに出た辺りに、黒っぽいジャンパー姿の男が二人佇み、何やら話し込んでいた、あの風景である。

前田淳子が「変ねえ……」と呟《つぶや》いた、その顔も思い出せた。淳子があんな間の抜けた表情をするのを、由香里はついぞ見たことがなかった。

電車が走りだして、記憶の映像は風景の変化と錯綜《さくそう》し、切れ切れになり、やがて消えてしまった。

山陽須磨駅で降りて、駅前のバス停の列に並ぶ。75系統のバスは須磨離宮公園から、神戸女子大のあるこども病院前を経て、北須磨の団地方面へ行く、ラッシュアワーでなくても、けっこう乗客の多い路線である。

由香里が並んだ時は、まだ二人しかいなかったのに、ものの一分もしないうちに、後ろを見るともう十人以上の列ができていた。そして、その中に、あの人丸前駅のおかしな男の顔があった。

由香里はドキッとした。（いやだ――）と思った。すぐに目を逸《そ》らしたが、男がこっちを見ているような気がした。

（ツケてきたのかもしれない――）

変質者？――という連想が走った。だいたい、昼日中、いい若い者があんなところで太陽を見上げて喜んでいるなんて、かなりおかしい。見たところ、ヤクザという感じではないけれど、もっとアブナイ人間なのかもしれない。

以前、神戸女子大から離宮公園を下ってくる坂に、痴漢が出没したことがあった。そのために、大学は図書館の閉館時刻を午後六時に繰り上げたくらいだ。

いずれにしても用心するに越したことはない。由香里は後ろ乗り前降りのワンマンバスの、いちばん前のほうまで行った。

それとなく様子を窺《うかが》うと、男は物珍しそうに車内や窓の外を見回している。バスが走りだして、離宮道の坂にかかると、幼児のように顔を窓に近づけ、景色を楽しんでいる。

離宮道は、麓《ふもと》から一直線に離宮公園まで登る、松並木の坂道である。左右は須磨の高級邸宅街だが、観光名所になっているくらい美しい。

男も単なる観光客かもしれない。だとすれば離宮公園前で降りるはずだ。その先へ行っても大した観光名所はない。

だが、男は降りなかった。

バスは離宮公園前の丁字路を左折して、すぐに右折、公園を右に見ながら迂回《うかい》するように坂道を登って行く。男は相変わらず頭を低く下げて、景色を楽しんでいる。

由香里はこども病院前で降りた。いつもの時刻なら、二、三十人は降りるのだが、由香学生は由香里一人だけ。ほかにこども連れの客が二組、由香里に続いて降りて、由香里とは逆の病院の方向へ下って行った。

歩きだして間もなく、由香里は背後に足音を聞いてギョッとした。明らかに男の足音である。

（あの男かな？——）と思ったが、振り向くのが怖かった。無意識に早足になったが、大学側へ渡る交差点の信号は赤だった。

足音は由香里のすぐ後ろにきて停まった。男の息づかいが、首筋に迫っているような気がして、由香里は思わず身を脇に寄せた。

チラッと振り向くと、やはりあの男だった。いやらしく白い歯を見せて、「やあ」と言った。由香里は慌てて視線を逸らした。

「失礼ですが、あなたも神戸女子大の学生さんですか？」

男はずうずうしく話しかけてくる。由香里は正面をむいたまま、仕方なく「ええ」と頷《うなず》いた。

「いい学校ですねえ」

「…………」

「こんな環境のいいところで勉強できるなんて、幸せでしょう」

「…………」

歯の浮くようなお世辞である。返事なんかしてやるものか——と、由香里は唇を引き締めた。

「どうぞ」と男は言った。黙っていると、もういちど「どうぞ」と言った。

「は？　何がですか？」

由香里はつっけんどんに言って、冷たい目を振り向けた。

「信号、変わりましたよ」

男は掌《てのひら》を前方に差し向けて、小首を傾げるようにして言った。

「あっ……」と、由香里は真っ赤になった。信号を見ていながら、じつは何も見ていなかったのだ。

屈辱感に追われるように、由香里は小走りに横断歩道を渡った。男のほうはゆっくり歩いているから、追いつかれるおそれはなさそうだが、校門までの坂道が、おそろしく長く感じられた。門を入ると守衛所がある。そこまで辿り着いて、ほっとした。

ちょうど昼休みで、広い前庭のあちこちに学生たちがたむろしている。そのあいだを歩いて行きながら、由香里の胸の鼓動は鎮まっていった。大学というところが、こんなに温かく優しく、自分を包んでくれる場所だとは、いまのいままで少しも思わなかった。

のどがカラカラだった。学食でコーラを飲んでいると、仲のいい滝井《たきい》和美《かずみ》に出会った。和美は由香里の脇に座り込んで、すぐに前田淳子の話を始めた。噂は昨日から今日にかけて、ほとんどの学生の知るところになっているらしい。卒業生の中で、前田淳子はそれほどに著名人なのである。

「身代金目当ての誘拐じゃないかって聞いたけど、ほんまかしら？」

「まさか……」と由香里は笑ったが、そうでないという保証もない。

「もう生きてへんのやないか、言う人もいてるわよ」

「やめてよ」

それ以上は聞きたくなかった。由香里がコーラの缶を持って席を立ったとき、スピーカーから「崎上由香里さん」とアナウンスが流れた。「至急、教務課まで来てください」と言っている。

「何やろ？………」

由香里は不吉な予感がした。

「学費の滞納とちがうの？」

滝井和美は冷やかすように言ったが、由香里は笑う気分ではなかった。

教務課に行くと、篠原愛子が応接室のドアのところに待っていて、由香里を手招きして「あなたにお客さんよ」と、意味ありげに片目をつぶってみせた。

由香里は彼女の背後を見て、「あっ」と言った。さっきの怪しい男だ。こっちの視線を感じたのか、男は振り返り、目を精一杯見開いて、「あれ、あなたは、さっきの……」と言った。

「あら、知ってはったの？」

篠原愛子は不満そうだ。自分だけの秘密情報を横取りされたような気分なのかもしれない。「まあ、とにかく入って」と、少し邪険な仕種《しぐさ》で由香里の腕を引っ張った。

「私に何かご用ですか？」

ソファーに男と向かい合いに座って、由香里はつい愛想のない口調になった。

「前田淳子さんのことで、聞きたいことがあるのですってよ」

篠原愛子が脇から取りなすように言った。

「えっ、じゃあ、刑事さん？」

「いや、そうじゃありません」

男はポケットから無造作に名刺を出して、由香里に渡した。貫禄《かんろく》のない薄っぺらな紙に、ただ「浅見光彦」という名と、東京の住所や電話番号が印刷されている。会社名や肩書など何もない。

「フリーのルポライターみたいなことをやっている者です」

浅見は名刺を指さして、肩書のないことの言い訳のような自己紹介をした。

「J新聞社に知り合いがいまして、その人から今回の前田さんの失踪事件の相談を受けたのです」

「相談、といいますと？」

「つまり、前田さんの行方を捜してくれないかというようなことです」

「でも、それは警察が捜索しているのとちがいますの？」

「ええそのとおりですが、警察だけに任せておけないということなのでしょうね」

「でも……」

由香里は肩書のない名刺と、浅見の顔を見比べた。さっきは痴漢と間違えて、少し恐ろしかったけれど、こうして間近で見ると、坊っちゃんみたいな顔で、いかにも頼りない感じだ。

「ははは、僕なんかじゃ頼りないと思っていますね？」

「えっ、まさか、そんなこと……」

由香里はうろたえて目を伏せた。浅見という男の鳶色《とびいろ》をした目に、こっちの目の奥にある心を読まれそうな気がした。

「いいんです、そのとおりですよ。僕なんか、どう逆立ちしたって警察の組織力にかないっこありません。ただ、警察がほんとうに実力を発揮するのは、死体が発見されてからですからね」

「えっ？……」

由香里は驚いて、傍らの篠原愛子と顔を見合わせた。

「死体って……そしたら前田さんは死んではるのですか？」

愛子が声をひそめるようにして訊《き》いた。

「分かりません。そうでないことを祈りますが、最悪のことも想定しなければならないでしょう。いまはとにかく、一刻も早く前田さんの居所を摑《つか》むことです」

「でも、警察かて、そのために一生懸命やっているのとちがいます？」

「もちろん、警察の名誉のためにも、一生懸命でないとは言いませんが、ただ、単なる行方不明と殺人事件とでは、捜査の力の入れ方が違いますからね」

「殺人事件……」

由香里は肩をすくめ、震え上がった。

4

浅見光彦は意外そうに、目を丸くして由香里を眺めた。

「えっ？　まさか、崎上さんは前田さんが殺されている可能性があることを、ぜんぜん考えないわけではないでしょう？」

「そんな……考えていませんよ」

由香里は憤ったように言ったが、さすが女ＣＩＡの篠原愛子は、「私はあり得ることだと思っています」と、冷静だ。

「そうでしょう。警察だって、そう考えるからこそ、刑事が聞き込みに歩いているのですよ。しかし、やはり実際に死体が出てくるとか、身代金の要求があるとか、具体的なかたちで事件性が見えない状態では、いかに優秀な日本の警察といえども、組織力や機動力はなかなか発揮されないものなのです」

由香里は浅見の話すのを聞いていて、前田淳子の死を完全に客観的に捉《とら》えていることは不愉快だったが、その一方では、いかにも頼りなさそうなこの男が、意外にしっかりしたことを言うので、（へえー――）と、少し見直す気になった。

それにしても、あたかも警察より自分のほうが能力がありそうな口ぶりで喋《しゃべ》るのは、はったりにしろ本気にしろ、思い上がりもいいところだ――という気がする。

「警察にもできないことが、浅見さんにはできるっていうのですか？」

意地悪な訊き方をしたつもりだが、浅見はべつに何とも思わなかったらしい。大きく頷《うなず》いて、「もちろんです」と言った。

「警察の組織力といっても、最前線で動いているのは一人一人の刑事――つまり人間なのです。彼が何を見、何を聞くかは、個々の刑事の資質や才能に負うところが多いわけですね。その上にもう一つ付け加えれば、やる気や好奇心の有無です。少なくとも、好奇心に関するかぎり、僕は誰にも負けない自信がありますよ」

浅見は言って、ニッコリ微笑んだ。本気なのかジョークなのか、疑いたくなるような、無邪気な顔であった。

「たとえば」と、浅見は言葉をつないだ。

「崎上さんのところにも刑事が聞き込みに来たそうですが、その結果、何か有力な手掛かりを摑んだ様子がありましたか？」

「いいえ、そんな感じは受けませんでした」

「ほら、そうでしょう。それは刑事にやる気と好奇心が欠けているからですよ」

「そんなことはないと思いますけど。刑事さんにはいろいろ訊かれましたけど、私は手掛かりになるようなことは何も言わなかったのです。いいえ、言いたくても、ほんとに何も知らないのですから」

由香里は、警察の捜査が進展しない責任を負わされてはかなわないと、抗弁するように強い口調で言った。

「分かりますよ、たぶんあなたの言うとおりなのでしょう。しかし、念のために、その時の話の内容を聞かせてくれませんか。なるべく、刑事の質問とあなたの答えを正確に教えてください」

浅見の真剣さにおされて、由香里はゴクリと唾《つば》を飲み込んでから、刑事の事情聴取に答えた時の会話を、ほぼ正確に再現した。つい昨日のことだから、記憶が新しいせいもあるけれど、あの出来事はおそらく当分のあいだ、忘れようとしても忘れられない経験になるだろう。

浅見はごくたまに「ふん、ふん」というような相槌《あいづち》を打つ以外は、ほとんど黙って、由香里の話に耳を傾けた。

由香里の話が終わると、浅見は「驚くべきことです」と、憂鬱《ゆううつ》そうに呟《つぶや》いた。

「あの、何かいけないことを言ったのでしょうか？　私はありのままを話したつもりですけど……」

由香里は不安になって訊いた。

「いえ、あなたの記憶力はすばらしいと思います。それに表現もきわめて的確でした。事情聴取の際の様子が、じつによく分かりました。いま聞いたかぎりでは、刑事さんもベテランらしく、そつのない質問をしたことは認められますよ。ただし、彼には決定的な認識不足がありましたね」

「認識不足……といいますと？」

「あなたが、前田さんを最後に目撃した人物であるという事実について、ですね」

「あら、そのことやったら、私はちゃんとそう言いましたよ。いいえ、刑事さんだって、ちゃんと分かっていたみたいですけど」

「もちろん分かってはいたでしょう。問題は認識の度合いなのです。崎上さんが最後の目撃者であると分かっていながら、いかにもそつのない——ということは、型に嵌《は》まった、とおりいっぺんの質問ですませてしまった。そうは思いませんか？」

「いいえ、思いませんよ。刑事さんはちゃんと質問したし、私だってちゃんと知っていることをお答えしました」

由香里はほとんど喧嘩腰《けんかごし》になって言った。

「それは違いますね」

浅見は静かに首を横に振った。

「もし僕の聞き間違えでなければ、あなたは刑事に肝心なことを話していません」

「どうして……」

浅見の無礼な言葉に、由香里は怒るより呆《あき》れてしまった。

「私は刑事さんに全部話しましたよ。何も嘘をついていないし……」

「そうでしょうか?……それではお訊きしますが、前田さんは、最後にあなたと別れる時、何て言いましたか?」

「何って……べつに何も言いませんでしたけど」

「ほう、何も言わなかったのですか? さよならも何も? すると、喧嘩でもして、おたがい口もきかないほど気まずい状態だったのでしょうか?」

「喧嘩なんかしてませんけど……」

「それなのに、何の挨拶《あいさつ》もなく別れたのですか? そういう習慣だったのですか?」

「まさか……」

由香里には、ようやく浅見が何を言おうとしているのかが、分かりかけてきた。あの時の淳子の様子や表情が、記憶の中から鮮明に蘇《よみがえ》ってきた。

浅見光彦は、そういう由香里を興味深そうに見つめている。その視線に気づいて、由香里はまたどぎまぎして、顔が赤くなるのが分かった。

「私がさよならを言った時、前田さんは何か考えごとをしていたのだと思います。それで気がつかなくて、少し遅れて、びっくりしたようにこっちを向いて、『あっ』と言いました」

「なるほど、なるほど。そうでしょう、そうでなければいけません……」

浅見は、がぜん嬉《うれ》しそうに、両手をこすりあわせて、上体を前に倒しかげんにした。

「それからどうしたのですか？」

「それから、私のあとを追うように、一歩、こっちに足を踏み出したと思ったのですけど、その時は私は外に出ていて、ドアが閉まって……それが最後でした」

「ふーん……」

浅見は由香里の目の奥にある記憶をまさぐるように、じっと覗《のぞ》き込んでから、言った。

「足をあなたのほうに向けて踏み出したのですね？」

「ええ、そう見えました」

「何か用があって、追いかけようとしたのでしょうか？」

「そうではなく……」

否定しかけて、由香里は言葉をとぎらせた。自分の直観に自信が持てなかった。

「そうでなく？……」

浅見は静かに催促した。

「……いえ、よく分かりません」

「もしかすると、前田さんは山陽須磨駅で降りようとしたのではありませんか？」

「えっ」と、由香里は驚いてしまった。

「どうして?……たしかに、そんな感じがしたのですけど……でも、どうして分かるのですか?」

「あなたがさよならを言ったのに、何も答えなかったのは、前田さんには『さよなら』を言う意思がなかったからだと思ったのです。なぜさよならを言わないかといえば、それはあなたと別れるつもりはなかった——つまり、あなたと一緒に山陽須磨駅で降りるつもりだったからでしょう」

「そう、だわ……そうなんです。きっとそうだと思います」

由香里は感動して、声が上擦った。

(なんてすごい人なんだろう——私自身にも説明しようのなかった直観を、その場にいたわけでもないのに、どうしてこんなふうにきちんと分析できるのだろう——)

「たしかにあの時、私は一瞬、前田さんが降りるのかなって思いました。でも、山陽須磨なんかで降りるはずはないし、錯覚だと思っていましたけど、いま浅見さんに言われて、やっぱりあの時の前田さんは、私と一緒に降りようとしていたにちがいないって、確信を持てました」

「そうでしょうね」

浅見は頷《うなず》いたが、自分の推測が当たったことを、あまり喜んだり得意がったりしている顔ではない。由香里のほうが物足りなく、拍子抜けがしたほどだ。

「問題は、前田さんがなぜ山陽須磨駅で降りようとしたのか、です。いま崎上さんが言われた感じだと、山陽須磨で降りる習慣はまったくなかったみたいですね」

「ええ、一度も降りたことはありません。大阪へは、新開地《しんかいち》駅から阪急《はんきゅう》電車に乗り換えるのですけど、その日だって、その習慣を変えなければならないような雰囲気は、何もありませんでした」

「だとすると、その日にかぎり、前田さんが山陽須磨駅で降りようとした理由は、二つしか考えられませんね。第一に、何かあなたに緊急な用事ができたこと……」

「それはないと思いますけど」

「そう、たぶんないのでしょう。もしそうであるなら、『待って』と呼びかけるはずですからね。しかし前田さんは、何か考えごとをしていて、ふっと気がついて、戸惑うように足を踏み出した——そうでしたね？」

「ええ、そう、そんな感じでした」

「そうなると、残るのはただ一つです。前田さんは山陽須磨で降りて、引き返そうとしたのですよ、きっと」

「引き返す?……」

由香里は何度めかの驚きの声を発した。

由香里が思い出した、ほんのささいな記憶の糸をつなぎ合わせただけで、どうすればこんな結論を引き出せるのか——と、信じられない気持ちだ。

しかし、意外ではあるけれど、浅見の着想には説得力があった。風が吹くと桶屋《おけや》が儲《もう》かる——なんていうのとは較べようのない、筋の通った推論と言っていい。

「じゃあ、前田さんは、家に忘れ物でもしたいうのですか?」

篠原愛子が、自分の存在を誇示するように口を挟んだ。

「さあ、どうでしょうか……」

浅見は首をかしげて、また鳶色《とびいろ》の目で由香里を見つめた。

「たぶん、その答えは崎上さんがしてくれると思いますが」

「えっ、私が、ですか?……」

由香里はあやうく「うそっ……」と言いそうになった。学長が、日本語を破壊するような「うそっ」という言葉が嫌いで、せめて学内だけでも使わないように——と訓示を垂れたばかりだった。

「私になんか、何も分かりませんよ。だって、前田さんが引き返したかどうかさえ、見ていないのですもの」

「いや、引き返す理由は、あなたが前田さんと別れた後に生じたわけじゃありませんよ。あなたと一緒にいる時に、前田さんの予定や習慣を変えるような、何か特別なことがあったのだと思います」

「…………」

「思い出してみてください。その朝、前田さんと出会ってから別れるまでのあいだに、どんな出来事があったか……」

真っ直ぐこっちを見つめる浅見の目を、まるで引き込まれるように、由香里も真っ直ぐに見返した。もしかすると催眠術にかかったのじゃないかしら――と思えるほど、抗《あらが》いがたい意志の力を、由香里は感じた。

「そういえば……」と、由香里はおずおずと言った。

「こんなこと、参考になるかどうか分かりませんけど、須磨浦公園駅で、ちょっと気になることはありました」

由香里は須磨浦公園駅で見た、黒っぽいジャンパーの二人連れのことを話した。明石原人のことを熱心に語っていた淳子が、ふいに驚いたように言葉を止め、見たこともない、少し抜けた表情で「変ねえ……」と言った、その時のことである。

浅見は「ほう、ほう」と、少年がアレキサンダー大王の武勇伝でも聞くように、目を輝かせて由香里の話に聞き入った。

「考えてみると、前田さんが考え込んでしまったのは、そこから先のことだったみたいな気がします」

由香里も浅見の好奇心に引きずられるように、記憶のあちこちにスポットライトを当てて、その結論を引き出した。そうだわ、そうにちがいないわ――と、自分で自分の言ったことに頷いた。

「前田さんは、その二人は悪口を言いあっているような、仲の悪い間柄だから、二人が一緒にいるのは変だって言ってました。それも、なんだかずいぶん深刻そうな感じでそう言ったのです」

「すごい、すごいですねえ」

浅見は皮が擦《す》り剝《む》けやしまいか――と心配になるくらい、両手をこすり合わせた。いくら嬉《うれ》しいからって、不況の折から、車をやっとこ一台売って有頂天になっているセールスマンみたいで、ちょっと安っぽく見えるのだが、本人はそんなことはぜんぜん気にしていないらしい。

「あなたの頭の中は、まるで謎々の宝庫みたいですよ」

「そうでしょうか……」

「そうですとも。あなたが何か一つ、記憶を取り出してみせるたびに、新しい事実と、新しい謎が飛び出してくる。何かあったのか、どんな事件なのか、大きなストーリーがどんどん見えてくるような気がします」

（すごいオーバーな言い方——）

由香里は篠原愛子と、呆《あき》れた顔を見交わした。その時、午後の始業を告げるチャイムが鳴った。

「ところで、今日の講義は何時に終わりますか？」

浅見は語調を変えて言った。

「四時ですけど」

「四時ですか……」

浅見は腕時計を見てしばらく考えてから、言った。

「それじゃ、あなたは午後の講義をサボるべきです」

「えっ？　えっ？……」と由香里はびっくりした。

「そんな……あなたにどうしてそんなことを言う権利かあるんですか？」

「いや、これは権利ではなく、あなたの義務ですよ」

「義務？　どうして？」

「決まっているじゃないですか、前田淳子さんの友人としての義務です。前田さんの安否を確かめるのと、たかが一回の講義をエスケープするのと、どちらが重要なことか、考えるまでもないでしょう」

久松《ひさまつ》教授の教育学を「たかが」だなんて言っていいのかな——と思いながら、由香里は「そう、ですよね……」と言った。

「私はそんな勝手を認めるわけにはいきませんけど」

篠原愛子が女ＣＩＡらしく、冷たい目をして肩をそびやかした。

「そうですね、篠原さんの立場としては、おっしゃるとおりです」

浅見は眉根《まゆね》を寄せて、頷いた。

「しかし僕は、あなたの人道主義と優しさが、あなたの生真面目さを説得してくれると信じています」

もしこんな場合でなかったら、由香里はきっと吹き出していたにちがいない。それにしても、なんという巧妙な誑《たぶら》かし方だろう。もしかすると、この浅見という人、光源氏の君のように、女性の心を弄《もてあそ》ぶ天才なのかもしれない。

女ＣＩＡの白い頬にサッと赤みが差して、「私だって、前田さんがご無事かどうか、一刻も早く確かめたい気持ちがないわけではありませんよ……」と言った。

「それに、ひょっとすると、私は軽率にも、誤って崎上さんに久松先生の休講を連絡してしまった可能性もあります。ただし、責任を追及しないと約束してもらえればの話やけど」

「いいえ、連絡を勘違いしたのは、たぶん私のほうだと思います。このごろ、トシのせいか、ほんとに早とちりが多いんです」

由香里と浅見は同時に立ち上がった。

応接室を出る二人を見送る時、ほんのわずかだが、篠原愛子の瞳《ひとみ》にジェラシーの色が浮かんだ。

第二章　須磨浦公園駅

1

須磨浦公園駅は改札口を出ると、駅前広場の先の松原がもう須磨浦公園である。松原を透かして播磨灘《はりまなだ》が見えている。

駅前広場から坂を下り、ＪＲ山陽本線の下をくぐると海岸に出て、その先にはスケールの大きな海づり公園がある。桟橋を渡って沖合四百メートルまで行き、瀬戸内《せとうち》の魚を釣る。桟橋の途中にはタイを放流した巨大釣り堀もあって、家族連れで楽しめる。

逆に、ロープウェイに乗れば、約三分で、標高二百四十八メートルの鉢伏山の展望台へ行ける。観光パンフレットによると、三六〇度回転するレストランや、カーレーターだとか観光リフトだとか、変わった乗物のある、ちょっとした遊園地になっているらしい。

すぐ近くには敦盛塚《あつもりつか》とよばれる大きな五輪塔や一ノ谷の戦いの跡、蕪村《ぶそん》句碑などもあって、いろいろな目的の観光客で、年間を通じて賑《にぎ》わうそうだ。

そういった予備知識を、浅見は電車の中のわずか数分のあいだに仕込んでおいた。山陽電車は「おりてみませんか……」という、沿線各駅ごとの観光ガイドパンフレットを発行している。イラストマップつきの名所旧跡と遊び場所の案内が、要領よくまとめられていて、なかなか便利だ。

浅見と由香里は三、四十人の観光客に混じって、須磨浦公園駅を出た。改札口を出たすぐ右のところで、由香里は「ここにいたんです」と地面を指さし、そのあと、自分がその場所に立った。

そこはロープウェイの乗り場へ向かうところで、電車を降りた客がロープウェイに乗ろうと、行列を作っていた。

「朝はまだ観光客が少なくて、ガランとした状態でしたから、ここに二人の男の人が立っているのが、電車の中からでもよく見えました」

「なるほど」

浅見は由香里の脇に立って、改札口を通してプラットホームを見た。両サイドと上下を駅舎の建物で四角に区切られたような視界だが、向こう側——上り線のホームまで視線を遮るものはない。

「二人の男の位置関係ですが、横向きに向かいあっていたのですか。それとも、どちらか一人は背中を向けていましたか?」

「ええ、一人はこっち向きでしたが、もう一人は背中を見せていました」

「しかし前田さんは、二人とも誰なのか識別できたのですね。だとすると、きわめて親しく付き合っていた人物ということになりますか」

最初の収穫としては、満足できるものであった。

そのあと、行列がロープウェイ駅に消えてしまうのを待って、浅見は改札の駅員に前田淳子の写真を見せた。

「この女性に見憶《みおぼ》えありませんか?」

いきなり写真を見せられたというのに、駅員は手に取るまでもなく、ひと目見て、

「ああ、この人なら憶えていますよ」と、意外なほどあっさりと言った。

意外すぎて、浅見は思わず「えっ、ほんとですか?」と信じられないような声を発したほどだ。

「一週間前——十月三十日のことですが」

「ああ、そのころだと思います。どうしてこんなにはっきり記憶しているかというと、この女性は、そこのところに、二人の男の人が立っていなかったかどうかっていうことを尋ねたからです」

駅員はさっきの場所を指さして言った。

「黒っぽいジャンパーを着た男の人、ですね？」

浅見は気負いを抑えながら、言った。

「そうです、そうです」

「それで、どうだったのですか？　あなたはその男の二人連れを見たのですか？」

「ええ、見ましたよ。その女の人が来る少し前まで、しばらく——というより、けっこう長いこと、そこに立っていたもんで、気になっていたのです」

「どんな感じの人たちでした？　たとえばヤクザがかっていたとか」

「そうですなあ、ジャンパー姿をしておったせいか、多少はヤクザっぽい感じはしましたけど、ほんまもんのヤクザかどうかは分かりません」

「そこで何をしていたのですか？　待ち合わせか何かでしたか？」

そこでようやく、駅員は不審を感じたらしい。

「あの、お客さんは警察の方ですか？」

「いえ、そうではありませんが……じつは、この写真の女性がですね、その日以降、行方不明になっているのです」

「えっ、ほんまですか……」

駅員は驚いて、少し身を引くような構えを見せた。厄介な事件に係《かか》わり合いたくない気持ちが表れている。浅見はそれに追いすがるように、きびしい表情をして、言った。

「それで、彼女の行方を探る唯一の手掛かりが、その朝、ここで何があったかということなのです」

「しかし、私は何も知りませんけど」

「いや、いまお聞きしただけでも、きわめて参考になることばかりですよ。それに、いまのところ、彼女の姿を最後に目撃したのは、あなただと思います」

「えーっ、そんな、参ったな……」

電車が着いて、客が流れ出てきた。駅員は救われたように改札業務に戻った。

浅見は客が途絶えるのを根気よく待ってから、あらためて「その二人の男ですが、何をしていたと思いますか?」と訊《き》いた。

「よう分かりませんが」と、駅員は覚悟を決めたらしい。

「ときどき時計を見たり、電車が着くたびにこっちのほうを気にしていたみたいですので、誰かを待っとったのとちがいますか」

「ということは、結局、誰も現れなかったのですね？」

「そうです。しまいには、『そしたら行こうか』言うて、ロープウェイに乗ったみたいです」

「ほう……」

浅見はかすかな希望の灯を見たような気がした。

「それじゃ、彼らの話している声は聞こえていたのですね？」

「ああ、聞こえましたよ、ときどきですけどね」

「どんな話でした？」

「さあ、話の内容までは憶えていませんなあ。ときどき、声をひそめて、何やら内緒話みたいにしてはったし……」

「何か思い出せませんか。どんなささいなことでもいいですが、気になった話とか、おかしな言葉とか……」

「気になったいうたら、骨の話をしとったみたいですけど」

「骨？……」

「ははは、骨いうても、明石原人の骨のこととちがいますか。『明石』いう言葉も聞こえてましたしな」

「なるほど。すると、明石原人の話をしていたのですね」

浅見の希望の灯はますます大きくなった。何も憶えていないと言いながら、駅員の記憶は、「骨」をキーワードのようにして、少しずつ回復されつつある。

「たぶんそうやろ思います。そういえば、あの人たちは発掘か何か、そういった趣味とか研究をする人とちがいますか。ジャンパー姿に、たしか、靴もスニーカーみたいなのを履いとったような気がします」

「それじゃ、手にはスコップとか？」

「ははは、まさか、そこまでは……けど、バッグを持っていましたから、その中に小さいスコップぐらいやったら、入っとったかもしれませんね」

「そんな感じのする、汚れたバッグだったのですね？」

「まあそうですね。身なりはどっちかいうと、余所《よそ》行きいう感じではなかったです。山登りというほどではないにしても、ハイキングか何か、そんな感じでした」

「この山には、何か発掘するような場所はあるのですか？」

「鉢伏山にですか？　さあ、どないですかなあ……鉢伏山から尾根伝いには鉄拐山《てっかいざん》へ行く途中に、旗振山《はたふりやま》いうのがあって、そこは昔、大和《やまと》の国と西の吉備《きび》の国と通信するのに、旗を振って合図した所やいう話は聞いたことがありますけど。そこら辺りから、何か出るかもしれんですなあ」

「しかし、ここは源平の古戦場なのでしょう？　たとえば、その時の刀だとか、鎧《よろい》兜《かぶと》だとか、戦死者の骨なんかが出ることはないのでしょうか？」

「なるほど……そういえば、敦盛塚いうのもありますなあ。ふーん、そうすると、この須磨浦公園辺りでも源氏と平家が戦ったいうわけですかねえ……」

駅員は感に堪えないというように、松原のほうを眺めている。どうやら、歴史的なことは、あまり詳しくないらしい。

「そのほかに何か憶えていませんか？」

「そうですなあ……いや、こんなものです。もともと記憶力のいいほうとちがいますのでねえ」

また電車が到着して、ひとしきり、乗降客で賑《にぎ》わった。

浅見がもう一度話を聞こうと近づくと、さすがに駅員はうんざりした顔になった。

「どうもありがとうございました」

浅見が礼を言うと、厄介払いができた——と、ほっとしたように「どういたしまして」とお辞儀をした。

浅見はいったん去りかけて、「そうそう」と後戻りした。

「二人の男の人が立ち去ってから、この女性がやって来るまで、どのくらいあいだがありましたか?」

「そうですね、二十分か三十分か、そんなものだったと思いますよ」

「そして、男の二人連れがロープウェイに乗ったかもしれないということを、彼女にも話されたのですね?」

「ああ、話しました。というより、その女性のほうから、ロープウェイに乗ったのでしょうかって訊かれたもんで、たぶんそうやないかと答えたのですが。そしたら、その女の人もロープウェイに乗って行きはったみたいでしたよ」

「その後はどうですか。つまり、彼らが帰りにこちらの駅に戻ってきたかどうか、分かりませんか?」

「さあ、それは私は見ておりません。四時に交代しますので、そのあと同僚が見ておったかもしれませんけど、まあ無理でしょうなあ。何しろ大勢のお客さんですのでねえ。私の場合はいまお話ししたような事情で、かなりはっきり憶えておれましたけどね」

彼の言うとおりだろう。切符をやり取りするので精一杯の駅員である。よほど特別な理由でもなければ、お客の顔をいちいち記憶していられるはずがない。

「ありがとうございました」

浅見はもういちど丁寧に礼を言った。

その間、崎上由香里はずっと浅見の後方に控えていた。浅見と駅員の話を聞いて、ますます不安が増大した様子である。

「前田さんの行方不明は、その男の人たちと何か関係があるのでしょうか？」

ロープウェイの乗り場へ向かいながら、由香里は知らない人が見ると恋人に見えそうなほど、浅見に肩を寄せてきて言った。

「たぶんそういうことなのでしょうね。ところで、その二人の男ですが、崎上さんは顔を見れば分かる程度に憶えていますか？」

「ええ、こっち向きの人はなんとか分かると思います」

「その記憶を大切にしておいてください」

「ええ……でも、その人がどこにいるのか、まるっきり雲を摑《つか》むみたいな話ですよ」

「そんなことはない。前田さんは取材先で会ったと言っていたのでしょう？」

「それはそうですけど」

「だったら見当のつけようもありますよ。前田さんの取材活動については、富永氏――J新聞のデスクが、ある程度は掌握しているでしょうからね」

浅見は慰めるように言って、由香里の肩を軽く叩《たた》いた。

ロープウェイの係員に、十月三十日の「黒いジャンパーの男」のことを訊いてみると、それらしいお客を見たような気もすると答えた。まだ早い時刻で、山へ行く客はそれほど多くなかったためだが、しかし、はっきりそうだとは言えないと断りを付け加えた。

前田淳子の写真には見憶えはないということだった。由香里の顔を見て、「こちらのお嬢さんみたいなべっぴんさんやったら、忘れるいうことはないでしょうけどね」とお世辞を言った。

ロープウェイは十五分おきに発車している。山頂駅まではわずか三分ちょっとだが、標高差は二百メートル以上ある。いくら太いとはいっても、一本のワイヤーにぶら下がっていることを想像すると、高所恐怖症の浅見にとっては、あまり楽しい時間ではない。

高度が上がるにつれて、須磨ノ浦から淡路島、紀伊《きい》半島にいたる広大な視界がひらけてきた。神戸の市街もその先の尼崎《あまがさき》や大阪も、淡い霞《かすみ》の中に混沌《こんとん》としてうちつづく。

すばらしい絶景なのだが、由香里には見慣れた風景なのだろうか、それとも前田淳子の安否に気持ちが取られて景色どころではないのか、どことも知れぬ遠いところを見る目で、ぼんやりと考え込んでいる。

2

山頂駅の係員も下の係員と同じことを言った。二人の男のことはかすかに憶えているけれど、前田淳子のことは記憶になくて、「こちらのお嬢さん……」という褒め言葉も同じだった。まあ、そういうことは別にしても、一日に何百人とある客の、それも一週間前のお客を憶えているはずはなかった。

ロープウェイを降りたあと、ワンステップ上の見晴らし台まで登るのに、コースは二通りある。一つは徒歩で行くのと、もう一つはカーレーターというちょっと変わった乗物を利用する方法である。カーレーターというのはエスカレーターにジェットコースターのような椅子をつけたものと思えばいい。

浅見はカーレーターに乗ることにした。

「時間と労力が惜しいですからね。それに、前田さんもたぶんこれに乗って、二人連れに追いつこうとしたはずです」

由香里にはそう言い訳をしたが、なに、ほんとうは面白そうだから乗ってみたかっただけである。

二人乗りのボックスシートに、膝《ひざ》をくっつけあって座る。トンネルのような屋根つきの急坂を、ガタガタとむやみに揺れながら登るのが、けっこう楽しい。しかし、由香里のほうは授業をサボっているだけに、「なんだか、遊びに来ているみたい。こんなことでいいのかしら」と憂鬱《ゆううつ》そうだ。

「いや、これは遊びではありませんよ」

浅見は無理に険しい顔を作った。

見晴らし台には回転展望レストランがある。浅見はそこに入って、ウェイトレスと売店のおばさんに前田淳子の写真を見せた。おばさんは「見たかもしれんけど……」と首をひねった。

「それじゃ、黒っぽいジャンパーを着た男の二人連れはどうですか?」

「いやあ……」

おばさんは首を振ったが、ふと思い出した様子で、「そういえば」と言った。

「黒いジャンパーを着た男のことを訊《き》いとった女の人がいてはったわね。あれはいつやったか……」

「十月三十日です」

「そうや、三十日やったわ。店を開いて間もない時間やったし、いろいろ忙しくしとったさかい、あまり相手になっとれんかったけど……」

「じゃあ、この女性が、男の二人連れのことを訊いたのですね？」

「そうや、そういえばその人やったなあ。けど、私はそんな男の人は見てへんかったもんね」

「それから、この女性はどっちのほうへ行きましたか？」

「旗振山のほうへ行ったのとちがいますやろか。しきりにそっちのほうを見てはったようやし。けど、それからどないしたかは知りまへんで。私はいそがしゅうて、すぐに仕事のほうに戻ったもんやさかい」

「旗振山というのは、これから先、まだだいぶあるのですか？」

「そうやなあ、すぐそばやけど、けっこう登り下りがあるし、歩いて行ったら、そっちのお嬢さんには大変かもしれんわねえ。行くんやったら、歩いて行かんで、リフトに乗りはったらどないです？　早いし、楽やし」

おばさんの勧め上手に乗せられたかたちで、うかうかとリフトに乗ったが、これはスリル満点であった。早いことは確かだが、小さな椅子に座ると、いきなり谷を越えて行くのにには驚いた。下にはちゃんと渡り廊下のようなネットが張ってはあるけれど、高さの感覚はごまかしようがない。

向こうからやって来る家族連れの奥さんなんかは、赤ちゃんを抱っこし、リュックを抱えてキャーキャー喜んでいるのだが、浅見は初めからしまいまで、椅子をぶら下げている支柱にしがみつきっぱなしであった。

やっとの思いで旗振山に辿《たど》り着いたが、後ろからついてきた由香里に、「浅見さんて、わりと臆病《おくびょう》なんですね」と冷やかすような目で見つめられても、浅見は返す言葉もなかった。

旗振山の西端には遊園地のような施設がある。そこから少し先へ行ったところには旗振茶屋という休憩所があって、シーズンの時や休日には、売店におばあさんがいて、飲み物やおかき類を売っているのだそうだが、今日は平日のせいか、誰もいない。

山頂からは西の方角へ下りるコースと、逆に東の方角へ尾根伝いに鉄拐山へ行くコースがある。

由香里の解説によると、神戸には六甲全山縦走（ハイク）大会という催しがあって、須磨浦公園駅前をスタート、ロープウェイ西側の登山道で一気に鉢伏山を登りつめ、旗振山、鉄拐山と抜けて行くのだそうだ。その先はえんえん六甲山全域の尾根という尾根を踏破して、最後は宝塚《たからづか》に下りるというのだから、車人間の浅見など、聞いただけでも気が遠くなる。旗振山から鉄拐山まででも、登ったり下りたり、一キロ近くありそうに見える。

「どっちへ行ったと思います？」

浅見は、なるべくなら下り坂のほうにしてもらいたい――と希望的観測を込めて、訊いてみた。

「それはもちろん、ここまで来たのやったら、鉄拐山のほうへ向かったに決まってますよ。逆へ行ったら、塩屋《しおや》の街に下りてしまいますもの」

由香里の答えは、予想どおり冷たいものであった。

「やっぱりそうでしょうね」

浅見は諦《あきら》めて、鉄拐山へつづく尾根道に足を踏み出した。

旗振山から先は、いままで視界になかった北須磨の景色が一望できる。それはちょっとばかり異様な眺めであった。見渡すかぎりの土地という土地は掘り均《なら》され、いたるところで宅地が造成され、巨大住宅団地がいくつも出現している。

もともと花崗岩《かこうがん》特有の白っぽい地質であるところへもってきて、団地アパートの建物の白さが加わり、まるで砂漠地帯のようなまばゆいばかりの風景である。そして、その中を縫うようにして第二神明道路が東西に走っている。

「すごいですねえ……」

歩きながら、浅見は何度も嘆声を発した。「すごいでしょう」と、由香里は少し得意げだ。

「ここの土地を造成して、余った土を一ノ谷の海岸にベルトコンベアで運び出し、その土でポートアイランドを造ったんです」

「ああ、あの埋め立てはここから出た土だったのですか」

「いまは六甲アイランドにつづいて、第二ポートアイランドを建設中です。つまり、山を海へ運んで、いっぺんに両方の土地を広げようという作戦です」

「なるほど、一石二鳥ですか……」

浅見は感心した。山と海に挟まれて、どうしようもなく土地が狭かった神戸市としては、苦しまぎれに生み出した政策なのだろうが、思いきったことをしたものだ。

ふるさとの山は懐かしくてありがたい――と詠《うた》う石川啄木《いしかわたくぼく》あたりから文句が出そうだが、しょっちゅう崖《がけ》くずれだ山津波だと、災害を起こしてばかりいるくだらない山なんか、さっさと削って、その分、土地を増やしたほうがいいのかもしれない。

もっとも、どの山が大切で、どの山がくだらないかを決めるとなると、これはまた難しい問題だ。富士山を削ってしまえなどと考える人間は一人もいないだろう。かといって、村の小さな裏山だって、そこに生まれ育った人々にとっては、富士山に匹敵するぐらいかけがえのない原風景なのかもしれない。

開発には反対がつきものだから、神戸にだって、さぞかし強い反対運動もあったろう。それを、えいっとばかりにやってのけたのは、さすが関西人らしい大英断と言っていいにちがいない。

「しかし、こんなに山を削ってしまうと、六甲山が崩れたりしないのかなあ」

浅見は幼稚で素朴な疑問を口にしたが、由香里は笑いはしなかった。

「そういう心配はない言うてますけど、心配ですよね。もともと六甲山系の山は花崗岩で、もろい性質だから、下のほうが削られたところなんかだと、大雨が降ったりすると、考えてもいなかったような場所で地盤が緩んで、現に崖が崩れだしたいう話もあるみたいです」

たしかに、樹々を透かして見下ろすと、足元に迫る勢いで造成地が押し寄せている。

ここは旗振山と鉄拐山のちょうど中間辺り、馬の背のようなところだ。ただでさえ斜面は切り立っているのに、下のほうへ行けば行くほど崖状になって、ストンと落ち込んでいるらしい。

松や闊葉樹《かつようじゅ》が地面に根を張っているから、山そのものはそうそう簡単に崩れることはないにしても、長い歳月のあいだには何が起こるか分からない。

(ほんとうに大丈夫なのかなあ——)

浅見は自分の立っている地面が崩れる状況を想像して、思わず後ずさりをした。

その時——ふと、視野の中に、風景とは異質な色彩を感じたような気がした。

(おやっ?——)と思って、もういちど林の中に首を突っ込むように、そのものの在《あ》り処《か》を確かめた。

まだたっぷり緑を残す樹林の中に、一点、白ではないが、いくぶん茶色がかったベージュの、明らかに人工的な色彩が見えた。

浅見はゆっくりと由香里を振り返った。

「いなくなった日の前田さんの服装ですが、どんなものを着ていましたか?」

「上はジャケットでした。前田さんはわりと地味な感じのファッションが好きで、ベージュの、ごくおとなしいジャケットがお気に入りだったみたいです」

「ちょっと、あそこを見てくれませんか」

浅見は立っている場所を由香里に譲って、「あの松の木の左、地面に近い辺りです」と指差した。

その言葉で、由香里は何かを予感したのだろう。おびえた顔になって、それでも急いで視線を凝らした。

「あっ……」

のけ反って足がもつれ、引っ繰り返りそうになるのを、浅見の右腕が支えた。その腕の中で、由香里は反転して、しぜんに浅見の胸に顔を埋める恰好《かっこう》になった。ふつうなら大いに照れる状況だが、浅見はそれどころではなかった。

「大丈夫ですか？」

由香里の顔を覗《のぞ》き込んで言った。

「ええ……あ、ごめんなさい……」と、由香里もわれに返って、慌てて浅見の腕から逃れたが、顔からは血の気が失《う》せて、いまにも失神するのではないかと思えるほどだ。

「あれは、まさか……」

「たぶん、そのまさかだと思います」

「うそっ……」

「間違いであって欲しいですけどね」

「でも、確かめもしないで、そんな……」

「もちろん確かめますよ」

浅見は用心深く足場を選びながら、ブッシュの中に足を踏み入れた。もっとも、十月三十日以来、二度も風雨の強い日があって、その上落ち葉が積もって、原状のままでいるとは考えられなかった。

縦走路から三十メートルは入ったところだった。松の木の根元、ブッシュの底に沈むように、前田淳子は横たわっていた。

明らかに木の枝や葉っぱで覆い隠した形跡がある。しかし、不幸中の幸いというべきか、落ち葉を降らせた強風がそれらを払い飛ばしたらしい。ジャケットの右肩のところが露出して、浅見の目にとまったのだ。多少汚れてはいるけれど、ベージュの白っぽさは周囲の自然色とはっきり差をつけている。これがもし、緑色や濃い茶系統の色だったりしたら、当分のあいだ発見されないままだったにちがいない。

全身が枯枝や落ち葉でまだら模様に覆われているけれど、長い髪と、スカートの裾《すそ》から伸びる脚が、死体が女性であることを物語っている。

しかし、彼女が間違いなく前田淳子であるかどうか、確信をもって断定できるものではなかった。すでに腐敗が進んでいるのだろう、落ち葉の下から覗いている顔は、見るに耐えないほど膨らみ、変色していた。これでは写真と較べても分かりそうにない。

後ろについてきた由香里に「見ないほうがいい」と浅見は言って、自分もすぐに引き返した。由香里の指摘どおり、元来が臆病《おくびょう》なのである。

「間違いなく前田さんなんですか？」

由香里は再度の抵抗を試みるように、泣きだしそうな目をして言った。

「見ただけではとても識別できそうにありません。たぶんあなたでも無理でしょう」

「そんなに……」

あとの言葉が喉《のど》に支《つか》えて、由香里は恐ろしそうに肩をすぼめた。

「いずれにしても、じきに分かります。とにかく警察に知らせましょう。僕はここに残りますから、さっきの遊園地事務所に行って、電話してきてくれませんか」

「えっ、私一人で、ですか？」

「ええ、それとも、崎上さんがここに残りますか？」

「いえ……じゃあ行きます」

「あ、そうだ、一一〇番ではなく、明石署の刑事さんのところに連絡したほうがいいでしょう」

由香里が行ってしまうと、浅見は自分で残ると言ったくせに、急に背筋の辺りがゾクッとして、逃げだしたくなった。

3

崎上由香里が通報したのは明石警察署の岡本部長刑事だが、鉢伏山一帯は須磨警察署の管轄区域であった。明石署は一応、捜査員を出動させたが、当然、須磨署にも連絡している。したがって、現場には須磨署のスタッフが先に到着した。

現場に待機していた浅見と由香里の説明を聞いて、捜査員は慎重に遺体発見場所に近づき、同時に周辺一帯を立入禁止区域にするロープを張りめぐらせた。

そのころになって明石署の連中が前田淳子の家族を伴って到着した。

淳子の家族は両親と妹、それに東京に住む兄夫婦がいるが、とりあえずやって来たのは母親と高校生の妹だけで、あとは連絡を聞いて駆けつけることになっている。

身元確認は母親と妹が行った。秋が深まって、日中はともかく、夜間の気温はかなり下がる時季だけに、夏のような腐敗の進行はないとはいえ、変わり果てた淳子の姿には、血を分けた妹でさえしり込みした。

しかし母親の愛とは偉大なものだ。たとえ醜悪な物体と化しても、わが子に注いだ二十年あまりの歳月の想いは、むしろこの一瞬に凝縮したのかもしれない。「遺体に触らないように」という警察官の注意もあって、縋《すが》りつくことはしなかったものの、服の上から娘の体をさすって「つらかったやろな……」と涙を流した。

この時点から捜査は須磨署の主導で進められることになったが、これまでの経緯もあるので、明石署もしばらくは捜査に協力するかたちをとる。

ところで、問題は浅見と由香里の存在である。警察の側から見ると、今回のケースは通常の事件とはいささか異質なかたちで発生したことになる。死体の発見が偶然にもたらされたものではなく、発見者はある程度、ここに死体のあることを予見していたような印象があるからだ。

警察はまず第一に、この浅見光彦という第一発見者に疑惑を集中した。

そうでなくても、一般的にいって、第一発見者を疑うのが、殺人事件を捜査する場合のイロハのようなものである。

しかも、ごくありふれた場所ならまだしも、こんなとんでもない山中の、ほとんど人目の及ばないような林の奥にある死体を、あたかもそこにあるのが分かっていたかのごとく発見するなどというのは、警察の常識では認めるわけにいかない。

死体を発見したのが午後二時五十分。警察が到着したのが、午後三時三十分ごろ。そうして、午後五時四十分には、浅見は須磨警察署の取調室にいた。

警察は崎上由香里のほうは一応の事情聴取を終えると、神戸女子大の篠原愛子に電話で裏付けの話を聞いただけで帰宅させた。

セクハラというけれど、こういうケースでは概《おおむ》ね逆セクハラで、女性のほうがだいぶ得をする。

かつて長野・富山両県を舞台に起きた連続誘拐殺人事件では、事件に関与したと見られる男女二人に対して、警察も検察も、最初から「男が悪い」という予見に基づいて捜査を進め、裁判の途中に至って、ようやく間違いに気がついた。何のことはない、事件はほとんど女性の単独犯行だったのである。

鉄格子の嵌《は》まった窓の向こうに、暮れなずむ秋の空を仰ぎながら、浅見は鉄パイプの椅子にぐったりと身を委《ゆだ》ねていた。

現場で何度も死体発見に至る経緯を再現させられて、足に豆ができるほど歩き回った。おまけに、例によって、同じことを何度も質問され、口の中がカラカラだというのに、お茶の一杯も出してくれない。

まったく、警察というところは、まるで競いあっているかのように、どこもかしこもサービスが悪い。

事情聴取にあたったのは、川上《かわかみ》という四十歳前後の部長刑事と、まだ刑事稼業になりたてといった初々しい感じの青年である。川上のほうは見るからに刑事面で、ヤクザと並んだらヤクザが霞《かす》んでしまいそうに柄の悪い顔つきだ。言葉つきもガサツそのもの。こっちの言うことを頭っから信用しない、被疑者にとっては最悪のタイプといっていい。

浅見は、そもそもこの事件にタッチしたのは、J新聞社文化部の富永デスクの依頼によるものであることを話した。富永はすぐに飛んで来て、そのことは証明してくれたが、だからといって、ただちに無罪放免というわけにはいかなかった。

警察に疑惑を抱かせた原因は、浅見の卓抜した「捜査力」にあるというのだから、皮肉なものだ。いくらなんでも、いきなり山に登って死体を見つけるなんてことが、できるはずがない――というのである。

「あんた、初めっから知っていたのとちがうかね？」

これが川上部長刑事の固定観念であった。要するに、初めから死体があの場所にあることを知っていて、あたかも推理の結果であるかのように、崎上由香里を巻き込みながら、死体を発見してみせた――と思い込んでいるのだ。

それはつまり、浅見が犯人だと言っていることにほかならない。まったく、怒るより呆《あき》れてしまう。

その相手に、浅見は根気よく、じゅんじゅんと、ことの次第を説明した。何度でも、訊《き》かれるままに同じことを正確に答えた。この手の相手には決して怒らないことである。聞き分けのない駄々っ子に、隣のケンちゃんのおもちゃは、なぜキミのものでないかを説明するようなものだ。

死んだ前田淳子と崎上由香里が、須磨浦公園駅で電車の中から黒いジャンパー姿の二人の男を目撃したことから始まって、浅見が由香里を伴って須磨浦公園駅へ行き、駅員に淳子の話を聞いて鉢伏山へ登り、ついに死体発見に至った——というストーリーには、きちんとした整合性があると思うのだが、川上部長刑事の感覚には、なかなかフィットしないらしい。

それでもどうにか、頑迷な部長刑事に、追及を諦《あきら》めさせたのは、浅見の根気のよさや、説得力の賜物《たまもの》というより、午後七時を過ぎて、腹もへり、おたがいにいいかげんくたびれ果てたためである。

「分かった、分かった。とにかく、今日のところはあんたの言うことが正しいということにしておくが、居場所だけははっきりさせとってくれや」

「ええ、逃げも隠れもしません。しばらくはポートピアホテルに滞在します」

「ふーん、えらい上等なホテルに泊まっとるんやなあ。フリーのルポライターというのは、そんなに儲《もう》かるのかね？」

「いえ、今回はスポンサーつきですからね。ふだんはビジネスホテルがやっとです」

「まあ、それはどうでもええが、とにかく明日も午前十時までにはここに来てもらいたい。もし来なかったり連絡がつかんようなことになったら、即刻、逮捕状を執行するかもしれんで」

川上は脅しを言って、「ははは」と高笑いした。

「いや、逮捕しなくても、明日からは毎日こちらにお邪魔しますよ」

浅見はニコニコ笑いながら言った。

「なんやて？……」

川上はからかわれたと思ったのか、喧嘩腰《けんかごし》になって浅見を睨《にら》みつけた。

「僕もこの事件に関わった以上、真相を解明しなければ気がすみませんからね。ぜひとも警察に協力させていただきます」

「警察に協力？……ど素人のあんたがかね。何を言うとるんや。殺人事件の捜査いうもんは、そんな生易しいもんと違うで」

「それは分かってますが、しかし、警察は今後も僕の協力が必要なのでしょう？　僕がいなければ、犯人の手掛かりだってないに等しいじゃありませんか」

「ふん、あんたに心配してもらわんかて、警察の組織的な捜査力は完璧《かんぺき》なもんや。現場の実況見分からも、すでにいろいろとデータは集まっておるし。過去の類似犯罪とか、変質者のリストから、コンピュータで該当する人間をはじき出せば、容疑対象は絞り込めるんや。いや、もちろん、あんたも対象に入っとることを忘れてもろたら困るけどな」

「なるほど、それなら僕の出番はないかもしれませんが、たぶん、あなたが言うようにうまくはいかないと思いますよ」

「なんやて？　あんた警察をおちょくっとるんか？」

「いや、そんなつもりはありませんよ。僕はただ、正直な予想を言っているだけです。競馬の予想は当たりませんが、これは確信をもって言えますね」

最後は捨てぜりふのようなことを言って、浅見は取調室を出た。

とっくに帰ったと思ったのに、J新聞の富永は玄関近くのベンチに座っていて、浅見を少なからず感激させた。

「浅見さん、食事まだでしょう」

富永はいたわるように言って、近くのレストランに案内してくれた。須磨署は山陽電車の須磨寺駅に近く、離宮公園からもそう遠くない。この辺りは邸宅街とはうって変わって、下町風の賑《にぎ》やかな街で、気軽に入れそうな店が多かった。

浅見はカレーライスでよかったのだが、富永はステーキ定食を注文した。

「えらく長かったところをみると、警察は浅見さんの意見を尊重しているようですな」

「ええ、少なくとも、僕を重要視してくれていることだけは確かです。明日からは、毎日警察に出向くことになりました」

「ほう、すると、警察もいよいよ名探偵の手腕を認めたというわけですか」

「まあ、そんなところですね」

「そいつはよかった」

実態を知らない富永はわがことのように喜んだが、一転、暗い顔になって、「しかし、前田クンはやはりああいうことになっていましたか」と言った。

「残念ですが、やむを得ませんね。刑事の話だと、検視の結果、推定死後六日から七日を経過していると言ってましたから、おそらく、失踪《しっそう》した時点で殺されていたと考えていいでしょう」

「そうですか……それじゃ、浅見さんにお願いした時には、あの山の中で死んじまっていたということですか。かわいそうに。鼻っ柱の強い、いいヤツだったのに……」

乱暴な言い方をしながら、富永の目は潤んでいた。

「ところで、前田さんが鉢伏山へ行ったのは、黒いジャンパーの男二人を追って行ったと考えられるのです」

浅見は問題の男たちと、前田淳子の関係について話した。

「それで富永さんにお訊きしたいのですが、その二人連れは、以前、前田さんが何かの取材で会って、かなりよく知っている間柄だと思うのですが、それについて心当たりはありませんか？」

「つまり取材先ですね。うーん、それだけではちょっと判断しかねますが……なんぼ出来がいいといっても、彼女はまだ駆け出しですのでね、彼女に取材を任せるということは、まだそれほどなかったのです。事件の前の日も、文章が下手くそだって言って、怒鳴っちまったのですが……」

富永はざんきに堪えない——というように、首を振った。

「そんなわけで、まあ、ごく差し障りのない無難なところだとか、それと、彼女の地元である明石に関するもの——たとえば、子午線だとか魚の棚市場の探訪だとか、せいぜいそんな程度でした」

「明石原人のことなどはどうですか？」

「ああ、たしかに明石原人がらみの話は、彼女はかなり、やりたがっていましたね。明石の書店のおやじで巖根松造《いわねまつぞう》という、明石原人にとりつかれたような男がいて、前田クンはそのおやじに密着していたみたいです。しかし、明石原人の話題は出尽くした感がありましてね。周期的に何年か置きに取り上げることがある程度で、いまの時点ではその予定はありません。といっても、彼女が勝手に取材していた可能性はあるかもしれませんな。しきりに面白いネタがあるとか言ってましたからね。何しろ前田クンは変わった女でして、こっちが思いもつかないような突飛な発想をしたことは事実です。卒論が『玉子焼きに見る文化度の考察』とかいうものだったそうですから」

その「変わった女」が、もはやこの世にいないことを想って、富永はまた泣きそうな顔になった。

このあと前田家へ行くという富永とは、レストランを出たところで別れた。富永は社の車を浅見のために提供し、自分は須磨寺駅から電車に乗って行った。

ホテルに帰り着いたのは十時近かった。ポートピアホテルは若い女性の「もう一度泊まってみたいホテル」人気投票ナンバーワンだとか聞いたことがある。二十四階の窓から眺める夜の神戸港は美しく幻想的だ。

しかし、せっかく、いいホテルを取ってもらったって、こんなふうに朝から晩まで飛び回って、ただ寝に帰るだけでは、ビジネスホテルに泊まるのと、大した違いはない。

窓辺でいささかの郷愁に耽《ふけ》っていたら、ぶち壊すように電話が鳴った。崎上由香里である。受話器を取ったとたん、「ああ、やっと……」とため息のように言った。何度も電話をしてくれていたらしい。

「浅見さん、大丈夫でした？」

由香里の声は、これまで聞いた中では、いちばん優しい口調であった。

「ええ、大丈夫ですよ。あれから七時ごろまで、刑事さんにいろいろ説明してきました。明日もまた警察に行きますけどね」

「じゃあ、まだ疑われているんですか？」

「いや、警察は僕の知恵を借りたいのだそうです」

「そうなんですか。だったらいいのですけど……」

「それより崎上さん、明日の予定はどうなっていますか？　もし時間が取れれば、午後にでも明石の街を案内していただきたいのですが」

「ええ、午後でしたらいいですけど」

「それじゃ、午後一時、大学の正門前までお迎えに行きましょうか」

「えっ大学にですか？　いえ、あそこはちょっと……」

「あ、そうか、みんなに見られそうですね。怪しい関係と間違われるといけないか。じゃあ、どこか待ち合わせの場所を指示してください」

「離宮公園前の離宮庵《りきゅうあん》がいいです。お好み焼き屋さんですけど、別館がカフェテラスになっていますから」

「いや、ちょうど昼どきだから、お好み焼きに挑戦しますよ」

「だったら、私も食事をしないで行きます。時間、十二時半に変えてもいいですか？」

「オーケー、それじゃ十二時半に離宮庵、お願いします」

電話を切った時には、浅見は今日一日の疲れも憂鬱《ゆううつ》も吹っ飛んだような気分であった。

4

事件発生二日目の朝、須磨警察署に設置された捜査本部は「旗振山殺人事件」に関する一回目の記者会見を行った。

前田淳子の死因は絞殺であった。ただし、後頭部に石で殴られたような打撲痕《こん》があるので、犯人はまず背後から一撃を加え、倒れたところを首を絞めたものと考えられる。死亡推定時刻は、その朝に食べたハムエッグの消化状態から見て、十月三十日の午前九時から十時までのあいだ——ほぼ、展望レストランの売店のおばさんに目撃されて間もなく殺害されたということになる。

着衣はそれほど乱れていないが、かなり抵抗した形跡があった。苦しい中で犯人の手や顔を引っ掻《か》いたのか、爪のあいだに皮膚の小片が挟まっていた。それによって犯人の血液型はAB型と断定された。

二度の豪雨を含む四日にわたる雨によって、道路や林の中にあったと思われる足跡等は完全に消えてしまっていた。そのほかの遺留品もなし。

こうなると、目撃証言が有力な手掛かりになる。いまのところもっとも疑わしい、例の黒っぽいジャンパーを着た二人連れについては、須磨浦公園駅の駅員がもっとも間近で目撃している。

しかし、それより何より、そういう情報の元々の提供者である、浅見光彦という探偵もどきのルポライターの話こそが、捜査方針を決定づける重要なヒントにならないわけはない——と浅見は思ったのだが、どうやらアテがはずれた。

警察は浅見から必要事項だけ聴取すると、あとは露骨に冷たくあしらった。

例の川上部長刑事も、さすがに犯人扱いこそしなくなったが、何か話しかけようとすると、そっぽを向く。用ずみのルポライターなど、使い捨てのライターぐらいにしか思わないらしい。

まったく、警察というところは、素人が首を突っ込むのを極端に嫌う体質である。民間人を危険にさらすわけにはいかないということはあるのかもしれないが、ほんとうは完璧《かんぺき》な秘密主義なのだ。

（ま、いいか——）と、浅見はしかし、そう固執する気もなかった。

過去の経験からいって、どこの警察でも邪魔者扱いは慣れっこになっている。それならそれで、こっちはこっち、自由に「捜査」を進めればいいのだ。

約束の時刻より、少し早めに離宮庵へ行ってみると、由香里はすでに鉄板を張ったテーブルの一隅を確保していた。

離宮庵はその名の由来どおり、離宮公園の正門の真正面、離宮道の丁字路の角にある、日本料理屋風の小粋な店で、こんなお好み焼き屋は、東京辺りでは絶対にお目にかかれない。造りもシックだが、中に入ると調度品類が明治大正時代を思わせる、ロマンチックなものばかりでしゃれている。

店内はやはり女性客が多く、男性は浅見を入れて二人だけ。ちょっと気がひけたが、お好み焼きに挑戦するからには、その程度のことは覚悟の上だ。

「お昼は混みますから、早く来て場所、取っておいたんです」

由香里はいたずらっぽく肩をすくめて、可愛らしく笑った。

しかし、すぐに昨日の事件のことが頭に浮かんだのか、表情を曇らせた。

「大学のほうも、その話で持ちきりで、授業どころではありません」

失踪後すでに八日を経過して、最悪のケースは予想されていたところではあったが、やはり前田淳子の死は、家族や同僚など、直接の関係者ばかりでなく、いろいろな立場の人々に強いショックを与えた。

神戸女子大としても、有能な卒業生を失った悲しみは強く、この朝、学長はとくに学内放送を通じて訓話を行い、深い哀悼の意を表したという。

「いまでも信じられなくて……」

もっとも親しくしていただけに、由香里は時間が経つにつれて悲しみに実感が伴ってくるようだ。

どうも、お好み焼きの雰囲気ではなかったかな――と、浅見はいささか当惑ぎみだったが、いざ材料が運ばれてくると、由香里は世話女房よろしく、浅見の頼んだ分まで、てきぱきと手際よく面倒見てくれた。

ジュージューと派手な音をたてて、たっぷりソースを塗りたくり、かつおぶしや青海苔《あおのり》を振りかける。香ばしく焼けたやつを、平たいヘラみたいなので切って、口に運び、「あつつ、あつつ」と食べる。

浅見のヘラを使う手つきがおかしいと言って、由香里は青海苔のついた白い歯を見せて笑った。このたくましさと陽気さが、関西の女性のいいところにちがいない。

離宮庵を出ると、離宮道を下って須磨寺駅へ向かった。浅見もすっかり、この辺の地理に詳しくなった。

「一つだけ訊いてもいいですか？」

坂を下りながら由香里は隣の浅見の顔を、下から覗《のぞ》き込むようにして言った。

「どうぞ、いくつでも」

「あの時、人丸前駅のホームで、子午線を跨《また》いで、よしってガッツポーズをしたでしょう。あれは何だったのですか?」

「えっ? ああ、あれ見てたのですか」

浅見は照れた。

「くだらないことです。あそこで、太陽が真っ直ぐ南にきた時、日本中が正午になったんだと思ったら、なんだか知らないが、ひどくいい気分でしてね。それでつい……」

「ふーん、そうだったんですか……」

由香里は笑わずに、感心したように何度も頷《うなず》いた。


山陽明石駅に着くと、浅見は先《ま》ず魚の棚の市場街を案内してもらった。

魚の棚には鮮魚店を中心に食料品店、洋品店、電器店など、さまざまな商店が七十店舗ほど軒を連ねている。ことに、ずらっと妍《けん》を競うように並ぶ鮮魚店では、すぐ目と鼻の先のような明石浦漁港に揚がったばかりの、瀬戸内海の鮮魚が安く買えるので、明石市内ばかりでなく遠方から買い出しに来るお客で賑《にぎ》わう。

「これはだめだな……」

浅見は魚の棚の通りに入ったとたん、サジを投げた。

「だめって、何がですか？」

由香里は不満そうに言った。

「いや、この街の中から、あなたが須磨浦公園駅で見た男を探すのは、到底不可能に近いと思ったのですよ」

「えーっ、ここでですかァ？……」

由香里は驚いて、「でも、どうしてこの魚の棚なんですか？」と訊いた。

「前田さんは、その二人を『取材で知り合った』と言っていたのでしょう？　しかも『仲が悪い』と観測できるくらい、突っ込んだ取材をしている——となると、彼女の取材先の中で、該当しそうなのは、この魚の棚と、明石原人がらみだけだと思えるのです」

「そうなんですか……」

由香里も自信を喪失した目で、混雑する魚の棚のメインストリートを眺め回した。

ここにある店を一軒一軒覗き回って、店主や従業員の首実検をするのは、かなりの勇気を要する。それに、そうしたからって、服装も違うし、顔つきだって、遊びに出掛ける時と客相手に勇み立っている表情とでは、まるっきり違いそうだ。

「まあしかし、本命は明石原人のほうだと思いますよ」

浅見は由香里を慰めるように言った。

「でも、明石原人のほうを探すって言っても、ここよりも、もっとむずかしいのとちがいますか？」

「いや、むずかしくたって、明石原人そのものを探すわけじゃないですからね」

「そんな、ジョークを言ってる場合とちがいますよ。私はだんだん記憶が薄れて、あの男の顔が分からなくなってしまいそうなんですから」

「あ、それは困るな。なるべく必要以上に僕の顔を見ないようにしてください。でないと、僕の顔が記憶に定着して、この男が犯人だなんて言われかねない」

「そんなあほな……」

由香里はついに吹き出した。

「浅見さんて、ときどき真面目なのか不真面目なのか、ぜんぜん分からない、変な人なんですね」

「そうですかねえ、変ですかねえ」

「変ですよ、絶対。きっと女の人を誑《たぶら》かすのが、とても上手なのでしょう」

「ひどいなあ、誑かしたりしませんよ。それどころか、いつも捨てられている」

「うそっ、浅見さんみたいにかっこよくて、なんとなく頼りなさそうに見える人が、もてないわけがないですよ。奥さんもさぞかし心配でしょうね」

「ははは、心配させたくても、僕にはそういう相棒がいませんからね」

「えっ、独身なんですか？　うそっ……」

「ははは、またうそっ——ですか。あなたにかかると、僕は大嘘つきで、希代の色魔ということになっちゃうな。しかし現実は冷酷なものです。三十三にもなって、いまだに生まれた家で、兄の厄介になって居候稼業をやっている」

「ふーん、そうなんですか……」

十三も年下の女子大生の同情あふれる目で見つめられて、浅見は完全に面目を失った。

「ま、そんなことはあまり追及しないで、事件のほうを追いかけましょう」

「ええ、そうしましょう。今度は明石原人ですか」

二人とも、少し姿勢をシャキッとして、魚の棚の雑踏を抜け出した。

巌根松造が経営する書店は、魚の棚から少し西へ行った、明石郵便局の近くにある「金山堂書店《きんざんどう》」という古書専門の店で、傍ら書画古美術骨董《こっとう》品も扱っている。古いものなら何でも——というわけではないだろうけれど、当の巌根松造も相当に古い。七十歳はとっくに超えたと思えるほどの老人である。

間口は隣の骨董品屋と合わせると、けっこう広いが、あまり繁盛している気配はない。もちろん、客は一人もいなかった。

薄暗い店に入って「ごめんください」と言うと、奥の暖簾《のれん》の下から、手入れの悪い白髪を邪魔そうにかきあげながら現れた。肘《ひじ》あてを縫いつけたセーターの上から、紺色のちゃんちゃんこを羽織り、黒いブカブカのズボンを穿《は》いている。

おそらく酒焼けと思われる赤光りのする顔に、巨大な鼻が鎮座して、その上にただの針金のようにしか見えない銀縁の、おそろしく度の強い遠近両用のメガネが載っている。

浅見が例の肩書のない名刺を出すと、いきなり「あんた、無職かね」と言った。愛想のないおやじだ。

「いえ、フリーのルポライターをやっています」

「ふーん、物書きさんか」

物書きに「さん」をつけると、やけに軽い感じがすることを、浅見は発見した。

巌根は前田淳子のことはよく知っていた。

「ああ、あの子はかわいそうなことになったなあ……」

名前を聞いたとたん、眉《まゆ》をひそめ、天を仰いだ。

「前田さんは、こちらのほうにも取材に見えたと聞きましたが」

「ああ、何度も見えましたな。毎月一度、集まりがあって、あっちゃこっちゃと出掛けて行くんやが、ここ半年ぐらいは欠かさず見えとった。それ以外にも、ちょくちょく店をひやかしに来とったが……いい子やったのに、なんという……」

神も仏もない——というような苦々しい顔である。

「その集まりというのは、明石原人に関するものですか？」

「そう、明石原人を発見する会——みたいな名前がついとったが、いつの間にか、そんなもんはどうでもええようになってしもうて、いまは談論風発、何でもありやな。阪神《はんしん》が勝ったの負けたの、政治家のアホどもがどうの、要するに酒が飲めればええみたいな連中が集まりよる。中には前田さんみたいな、真面目な子もおるにはおったが」

「出掛けるといいますと、どこか野外での集まりですか？」

「そうです。天気がよければ野っ原でも砂浜でもええし、雨が降れば古寺の中でもええ。本来は発掘調査が目的やから、みんな汚い恰好《かっこう》をしとるさかいにな」

「汚い恰好、ですか……」

浅見はチラッと由香里を振り返った。由香里は黙って小さく頷いた。黒いジャンパーにスニーカーという服装は、まさに巌根老人の言う発掘調査にぴったりだ。

「何か、その集まりを撮った写真はありませんか？　前田さんが写っているとなおさらいいのですが」

「写真ならなんぼでもありまっせ」

老人はちょっと奥へ引っ込んで、「よっこらしょ」と掛け声を出しながら、段ボール箱を運んできた。

「近頃はズボラこいて、ちっとも整理しとらんのやが、ここ何年かの分はこの中に入っとります。たぶん前田さんの写っとるのもあるやろ。探してみるかね」

箱を覗《のぞ》き込むと、およそ七、八分目あたりまで、写真が乱雑に詰まっている。カラーもモノクロもある、何百枚——いや何千枚かと思えるボリュームだ。

浅見は由香里に段ボールを指さして、言いにくそうに訊いた。

「どうですか、お願いできますか？」

「ええ、やってみます」

由香里は健気《けなげ》に言って頷いた。

「そちらのお嬢さんは、前田さんのお知り合いかな？」

巌根老人は、浅見に対するのとはうって変わって、優しい口調で訊いた。

「はい、大学の後輩で、親しくしていただいていました」

「そうかね。それで写真をなあ……」

どう思ったのか、老人は勝手に納得している。「そうしたら、ここで探したらよろしい」と帳場の裏の、ちっぽけな板の間に上げてくれた。

由香里は段ボールの脇に座り込んで、箱の中から写真を取り出しては、眺め、取り出しては眺める作業を開始した。ストックされているのは、老人が写っている写真が中心だが、大勢の仲間と一緒の写真が多く、だいたいにおいて顔を識別するのがやっとの大きさである。その中から、うろ憶《おぼ》えの顔を見つけ出すのは、かなり難しそうだ。

「なんや、あんたはボケーッとしとって、手伝わんのかね?」

巌根老人は浅見を非難の目で見た。

「はあ、僕は顔を知らないのです」

「知らないって、何を言うとるんやね。この人やがな」

老人は前田淳子が写っている写真を選び出して、浅見の前に突きつけた。

「いや、それがですね、そういうことではなくて……」

浅見は当惑して、頭を掻《か》いた。老人にほんとうのことを言って、どう反応されるか、自信がない。しかし、隠しておくわけにもいかなかった。

「じつは……」と、淳子が須磨浦公園駅から鉢伏山へと追いかけて行った、二人連れの男のことを話した。

「なんやて？　そしたら、その二人が前田さんを殺した犯人いうことか？」

「いえ、そう断定はできませんが、何かを知っている可能性は十分あります」

「ちょっと待たんかい……いや、あんた、待ってくれんか」

老人は由香里の手を停めさせた。

「そういうことやったのか。それやったら話が違うやんか。この中に殺人犯の写真があるかもしれんなんて、そんな気色の悪い話やったら、ごめんこうむるわ。さ、悪いけど帰ってくれんか。さ、帰った帰った……」

険悪な状況になった。

その時、段ボールの中に視線を置いていた由香里が、「あっ、この人……」と呟《つぶや》くように小さく叫んだ。

第三章　明石原人研究会

1

由香里が箱の中から拾い上げた写真に、浅見はもちろん、巌根老人もメガネをかけ直して見入った。

どこかの発掘に出掛けた際のスナップ写真らしい。何がおかしいのか、髭面《ひげづら》をほころばせ、白い歯を剝《む》き出しにした巌根老人が大きく写っていて、その斜め後ろのやや遠い位置に、偶然レンズに収まってしまった感じで、男が写っている。

三十代前半ぐらいだろうか。カメラに気づかずに、誰か仲間と話しているらしく、少し口を開きかげんにして、画面の外に視線が行っている。そのポーズが須磨浦公園駅で見た時に似ているのと、濃紺か黒のジャンパー姿が、由香里の注意を引いたのだろう。

「この人みたいです」

由香里は少し震えるような声で言った。

「松木《まつき》やな」

かなりピントの甘い写真だが、老人にはすぐに分かったようだ。

「そしたら、あんたが見たいうのはこの男かね？」

「だと思います……でも、こんな小さな写真ですから、はっきりとは……」

「そうやろなあ。そら、あんたの間違いや。この松木君は人殺しなんぞでける男と違いまっせ」

「いえ、その人が前田さんを殺したなんて、言ってませんよ」

浅見は慌てて言った。

「ただ、あの日、須磨浦公園駅にいたかどうか。それと、ロープウェイで鉢伏山に登ったかどうか。もう一つ言えば、前田淳子さんに出会わなかったかどうかを確かめたいだけなのです。ことによると、犯人を目撃している可能性だってあるのです」

「うーん、なるほど……」

巌根は、難しい顔ながら、頷《うなず》いた。まんざら話の分からない人物ではないらしい。

「この松木さんとおっしゃる方は、どういう人ですか？」

「どういうて、不動産屋みたいなものやな。調子のええ男やが、根はそんなに悪くはありませんで。むしろ、どっちか言うたら、気の弱いやっちゃ」

「お住まいはどちらですか？」

「どちらって……あんた、そしたら松木君に会いに行く気でっか？」

「ええ、そのつもりです」

「うーん……」

巌根は唸《うな》った。仲間を売るような気分で、ふんぎりがつかない様子だ。

「僕たちが行ったほうが、警察につつかれるよりはましだと思うのですが」

浅見はさり気ない口調で言った。

「警察？……警察が来よるかね？」

「ええ、このままだと、そういうことになりますよ」

「そうかね、来よるかね……」

巌根老人は何かよほど警察が嫌いな事情でもあるのか、しかめっ面をして、「そしたら、行ってみますか」と、紙に松木の住所を書いてくれた。

明石市大久保《おおくぼ》町八木《やぎ》――

「八木というと、明石原人の発掘場所の近くですね」

由香里が目敏《めざと》く気づいて、言った。

「そうや、そんな関係で、松木君も少年のころから直良《なおら》先生に憧《あこが》れて、わしらの仲間に入ったいうわけやな」

「直良先生というのは、どなたですか？」

浅見が訊くと、巌根はジロリと軽蔑《けいべつ》した目をこっちに向けた。

「なんや、あんたルポライターのくせして、直良先生も知らんのかね」

「はあ、すみません、勉強不足で」

浅見は潔く頭を下げた。

「明石原人の発見者ですよ」

由香里が取りなすように言った。

「明石原人の骨は、昭和六年、直良信夫《のぶお》博士が発見したのです。そのころ、直良さんはうちのすぐ近く、大蔵谷《おおくらだに》に住んでおられたって聞きました」

「ふーん、そしたらあんたの家は、人丸前駅の近くかね？」

老人が言った。

「ええ、人丸小学校のそばです」

「ほう、高台やな。景色のええところや」

老人は羨《うらや》ましそうな顔をした。由香里のお蔭《かげ》で、気難しい老人との友好関係も、なんとか保たれていた。

「もともと、わしらの会は直良先生のファンの集いみたいなところがあって、明石原人という偉大な発見にもかかわらず、中央の学界には冷たくされた先生と明石原人を、及ばずながらバックアップしようというのが、会の目的であり活動の趣旨や。先生がお元気なころは、何度かお目にかかって、講演などお願いしたこともある。先生が亡くなられてからも、ご遺志をついで、在野の研究者を育てるために、微力を尽くそういうこっちゃ」

聞いてみると、えらく真面目なグループなのであった。遊び半分、飲むために集まるというのは、巌根の照れ隠しのようなものなのだろう。

「そういうお仲間だとすると、会員のみなさんは、どなたも真面目な方のようですね」

浅見は言った。

「ははは、まあ全員が揃って真面目かどうかは保証のかぎりではないですがね。わしみたいなええかげんなのもおるし。しかし松木君は悪いことの出来るような男とちがいまっせ。とにかく気が弱い。それがために、商売かて、いつも損ばかりしとるそうや」

「会員の中で、松木さんととくに親しくしている方はどなたでしょうか?」

「そらあんた、会員であるからには、みんな親しくしとるでしょうが。ことに松木君の場合は、いつも控えめで、でしゃばったことも言わんしな」

「松木さんが喧嘩《けんか》していたようなことを、ご存じありませんか?」

「喧嘩? 松木君が? そんなもんあるわけがないな。およそ争いごとのでけん男や……けど、あんた、なんぞそういう話を聞いてきたんかね?」

「はあ……」

浅見は由香里に、話してくれませんか——と目で合図した。

「あの、じつは、須磨浦公園駅で松木さん——かどうかまだ分かりませんけど、この人ともう一人の方が話しているのを見て、前田さんは『取材で行ったときには、相手の悪口を言いあっていた……』みたいなことをおっしゃったのです」

「ふーん、悪口をなあ……それやったら、やっぱり松木君とは違うと思うが……その相手いうのは誰か、分からんのかね?」

「ええ、私は顔を見ていないのです。駅員さんははっきり見たそうですけど」

「放っておくと、刑事が駅員を連れてここに来ますよ」

浅見は巌根老人の逡巡《しゅんじゅん》に引導を渡すように言った。

「うーん、面倒はごめんやな。そしたら、早いとこ行ってみてんか。どうせ人違いやろうけどな」

金山堂を出て、二人はまた山陽電車に乗った。山陽明石から四つ目の中八木《なかやぎ》で下りて、海側に並行して走る県道718号線を少し西へ行ったところに松木不動産はあった。

ここも金山堂同様、閑古鳥が鳴いているらしい。店には暇を持て余したような顔の女性が一人、ぽつねんと外を眺めていた。

二人が入ってゆくと、急に笑顔を作って、「いらっしゃい」と立ち上がった。ひさびさの客だったにちがいない。ひょっとすると、新婚さんが建て売り住宅を探しにきたとでも思ったのかもしれない。

「巌根さんのご紹介できましたが、松木さんはいらっしゃいますか？」

巌根の名前を言うと、とたんにつまらなそうな顔になった。

「社長はちょっと出掛けておりますけど」

「どちらか、ご出張ですか？」

「いいえ、海岸ですよ。また骨でも探しとるんやと思います」

巌根老人の名前を聞いて、明らかに当てつけがましい言い方をしている。

「失礼ですが、松木さんの奥さんですか?」

「ええ、家内ですけど、ただ働きのパートみたいなものです」

ニコリともせずに言った。

「松木さんはこんなふうにお店を留守にすることが多いのですか?」

浅見は、いかにもお気の毒——という様子を装って訊《き》いた。

「ええ、もう、しょっちゅうですよ。バブルで、よそはみんな景気のいい最中かて、商売そっちのけで発掘に出掛けるんやから、どないもこないもなりませんわ」

もうサジを投げた言い方である。

「海岸といいますと、すぐそこの西八木の海岸ですか?」

「そうです。このあいだ大雨が降ったもんやさかい、崖《がけ》が崩れて、何か出たかもしれん言うてたから」

もし見かけたら、いいかげんで帰るように言ってくれという松木夫人の声を背中に聞きながら、浅見と由香里は店を出た。

「明石原人の骨」が出土した西八木海岸には、由香里は小中学校の遠足や野外実習で三度訪れているという。

「この辺りもだんだん開発されて、昔の面影がなくなってゆくみたい……」

懐かしそうに周囲の風景を見ながら解説した。「昔」といったって、たかだか数年前のことだろうに――と浅見はおかしかった。もっとも、巌根老人の場合なら、昔といえば三十年とか半世紀のスパンで考えるだろうし、考古学者だと何万年のスケールになるのかもしれない。

「なるほどねえ、さすがに地元の子だなあ。そうやって、小学校のころから教えこまれるのだから、直良博士のことも詳しいわけですよねえ」

「そうなんです。それに、私が中学生の時に、ここで大規模な発掘調査が行われて、加工した痕跡《こんせき》のある木片が発見されたのです。それまで、直良博士の発見した明石原人のことを、中央の学界なんかでは、賛否両論ていうか、どっちかというと、あまり認めていなかったのですけど、それをきっかけに、明石原人は信憑性《しんぴょうせい》が高いと言われるようになりました。そんなことがあって、特別、関心が強いのかもしれません」

「ふーん、いいですねえ……」

浅見はしみじみと言った。

「いいって、何がですか？」

「そんなふうに、誇れるものが故郷にあるっていうことがですよ。子午線の通る街に住んでいて、明石原人があって、日本一の明石海峡大橋ができる。幸せな人たちだなあ」

「いやだ、それほど羨ましがるものじゃないと思いますけど」

由香里は笑いながら言った。

「いやあ、羨ましいですよ。明石のタイがあって、明石のタコがあって、玉子焼きがあって。これじゃ、どこへも行く気がしないでしょう?」

「まさか……でも、ほんとにそうなのかな。私は、修学旅行とか、それぐらいで、ほとんどどこへも行かないんです。東京とかも、あまり行きたいと思わないし。うちの窓から海峡を眺めているのが、いちばん好きだったりして」

「そうでしょう。分かりますよ、その気持ちが」

なんだか、殺人事件を調べていることを忘れてしまいそうな、のどかな会話を交わしながら、「明石原人発見地」の標識のある角を曲がってから、かなり歩いた。

2

由香里は変わってゆくと言ったが、たしかに、好景気の波は瀬戸内海の波を押し返す勢いで寄せてきたにちがいない。海岸に面して、かなり高級なマンションが建っているのが目についた。目の前が明石海峡で淡路島を見下ろすような位置である。まるでホテルのような恵まれた環境だが、これなども、バブル景気の最盛期にできたものなのだろう。

道はマンションのところまでで終わり、そこからは散歩道程度の細道で、サイクリングロードを兼ねた護岸堤の斜面を砂浜に下りる。正面の明石海峡には、そろそろ傾きはじめた南西の太陽を受けて、大小の船のシルエットが行き交っている。

「直良博士が明石原人の骨を発見した当時は、この辺の海岸はどんどん浸食されて、崖がつぎつぎ崩れていっていたのです。それで、直良博士は雨が降った翌日なんか、朝早くから海岸を歩いて、崖の断層の中から、何か出ていないかを調べて歩いたそうです」

砂浜の幅はせいぜい二、三十メートルぐらいしかない。たしかに護岸堤がなければ、陸地は際限なく、波に浸食されつくしてしまいそうだ。

砂浜にはいろいろな漂流物が散乱している。木材の破片やプラスチック製の容器類が多く、瀬戸内海の汚染が進行していることを物語る。

二人は歩きにくい砂浜を、西の方角へ歩いて行った。晩秋といっていいこの時季、海岸には人っ子一人の姿もなく、寂寥《せきりょう》感が海風と一緒に首筋を撫《な》でて通る。

屏風《びょうぶ》ヶ浦《がうら》とよばれる海岸をかなり歩いて、崖が露出した出っ張りの先を回ったところに、男が一人立って海を眺めていた。

「あっ、あの人……」

由香里が浅見の背後に隠れるようにして、言った。その気配で、男はこっちを振り返った。あの写真の男であった。

「やあ、こんにちは。松木さんですね」

浅見は屈託のない笑顔を見せて、男に近づいた。

「はあ、松木ですが、おたくさんは？」

「浅見という者です。巌根さんのご紹介でお邪魔しました」

「巌根さんの？　何か？……」

「つかぬことをお訊きしますが、このあいだ須磨浦公園駅でお見かけしましたね？」

「えっ？……」

　とたんに、松木は警戒の色を浮かべた。

「さあ、記憶がありませんが」

「ほら、十月三十日の朝ですよ。もっとも、そちらはお友達とご一緒で、話し込んでいらっしゃったから、気がつかなかったでしょうけれど」

　松木は眉《まゆ》をひそめ、怯《ひる》んだような表情になった。巌根が「気が弱い」と評していたのは、間違いではなかったらしい。

「失礼やが、浅見さんでしたか。おたくさんはどういう？……」

「あ、申し遅れました。僕は雑誌関係の仕事をしている者で、このあいだ亡くなられた前田さんの友人です」

「前田さんの……そうでしたか。いや、彼女はほんま、お気の毒なことで……」

　言いながらうなだれたのは、こっちの視線を避けたようにも受け取れた。

「あの日、松木さんは鉢伏山で前田さんとお会いになったのですか？」

　浅見は相手の思惑に構わず訊いた。

「ん？　いや、会っておりませんけど」

　言いながら、そう答えたために、三十日の朝、須磨浦公園にいたと認めたことになるのに気づいて、（しまった――）と顔をしかめた。

「たしかに、あの日、鉢伏山から鉄拐山を通って、高倉台の団地まで抜ける縦走ハイクをやりましたけど、前田さんとは会いませんでしたよ。われわれは早くに登ったし、前田さんが登られたのはそれより後のことだったのとちがいますか」

「ええ、たぶんそうだと思いますが、松木さんたちは、カーレーターやリフトは使わなかったのでしょう？」

「もちろん、そんなものは使いません」

「だったら、前田さんは追いついた可能性があるのです。彼女はカーレーターにもリフトにも乗って、お二人に追いつこうとしていましたからね」

「けど、追いつけなかったいうことでしょうなあ。それに、前田さんがわれわれに追いつこうとしてはったいうのは、ほんまのことですか？」

「ええ、駅員の証言なんかを聞いても、たしかにお二人を見かけて、追いかけて行ったそうです」

「しかし、何のために……何か用事でもあったのですかなあ？……」

「それは分かりませんが、何かあったのでしょうねえ」

浅見と松木は正面から視線を合わせた。ようやく落ち着きを取り戻したのか、松木の表情に、ゆとりが表れた。

「ところで、松木さんとご一緒だったお友達はどなたなのですか？」

「あの日は……」

言いかけて、松木は不愉快そうに反撃してきた。

「これはどういうことです？　何や知らん、刑事の尋問でも受けとるみたいやなあ。なんで私が答えにゃならんのです？　浅見さんは警察と関係でもあるのですか？」

「もちろん警察とは無関係ですが、必要とあれば警察にお願いして、松木さんのところに尋問に来てもらってもいいのです」

「なんやて！……」

松木の日焼けした顔に、さっと険悪なものが走った。気が弱い反面、その裏側にある、いざとなって開き直ったときの、いわゆる窮鼠《きゅうそ》かえって猫を嚙《か》むような、狂気にも似た凶悪さをかいま見たような気がした。

浅見は黙って、そういう松木の顔を見つめていた。由香里は怯《おび》えて、浅見の背後を動かない。

「なんで……」と、松木のほうから視線を外した。彼の心の中で、さまざまな想いが揺れているのが、手に取るように分かる。

「なんで私が、そんなややこしいことに巻き込まれなあかんのやろ……」

これはもう、怒りというよりは、愚痴であった。じつに正直に、身の不運を嘆いているようにしか聞こえない。浅見はすんでのこと、松木は事件に関係がないのではあるまいか――と考えそうになって、かろうじて踏みとどまった。

「それは仕方のないことではないでしょうか。人一人――それも、あなたのお知り合いである前田さんが殺された事件なのですから。とにかく、あなた方が登って、わずか二十分か三十分しか経っていない後方を、前田さんが鉢伏山に登って行ったということは事実なのです」

浅見の容赦のない追及の言葉に、松木は聞きたくもない――というように、ジャンパーの襟を耳元まで上げて、肩をすくめた。

しばらく沈黙の時が流れてから、浅見は言った。

「松木さんの血液型は何型ですか?」

「血液型?……私の血液型がどうしたというのです?」

「犯人の血液型はAB型だそうです」

「ふーん、なんでそんなことが分かるのです? 分かるはずがないでしょう」

「それは言えませんが、警察の検視の結果、判明しています」

「ふーん……しかし、それやったら私はぜんぜん関係ないですよ。私はA型やから」

「そうですか、それはよかった」

浅見は本心、そう思った。この気の弱い男が前田淳子殺害の犯人なんかであってもらいたくなかった。

「となると、いよいよ、ご一緒だったお友達が問題ですね。その方の住所氏名を教えていただけませんか」

「そんなもん……彼かて関係ないでしょう。私とずっと一緒やったのだから」

「関係がないかどうかは、いずれ分かることです。お会いして話を聞ければそれでいいのです」

「あんた、何の権限があって……」

松木は歯を剝《む》き出して、文句を言いかけたが、じきに諦《あきら》めたように言った。

「そしたら、彼に訊いてみますよ。私の一存で余計なことを言って、あとで気まずいことになるのは堪忍や。おたくさんの連絡場所でも聞いておきましょうか」

「そうですか。それではやむをえません。連絡をお待ちしていますよ」

浅見はポートピアホテルに泊まっていることを教えた。

「そしたら、これでもうよろしいな」

松木は素っ気なく挨拶《あいさつ》して、さらに西のほうへ、すっかり傾いた太陽を追うように、歩いて行った。

「ああ、怖かった……」

由香里は無意識に浅見の腕にすがって、声を震わせた。

来た方向へ歩きだしてからも、由香里はその腕を離さない。

「でも、あの人は犯人じゃないみたいで、よかったわ」

「どうしてですか？」

「だって、血液型が違ったのでしょう？」

「しかし、共犯者かもしれませんよ」

「そっか……というと、もう一人のほうの人が犯人なんですか？」

「その可能性が強いと思いますが、ちょっと気になることがあります」

浅見はきびしい表情になって、言った。

「さっき、彼は血液型のことを言ったでしょう」

「ええ、自分はA型だから関係ないって」

「その前にこう言ったのです。なんで血液型が分かったのか——と」

「ええ、そう言ってましたけど、それが何なのですの？」

「つまり、松木氏には、警察が犯人の血液型を把握できた理由について、思い当たることがなかったということです」

「？……」

「常識的にいって、たとえばあなたなら、どういうケースを考えますか？」

「どういうって、血液型を調べる方法ですか？　あまり専門的なことは知りませんけど、素人として常識的に言うと……」

由香里は目を宙に据えて、一歩ごとに考え考えしながら、言った。

「たとえば現場に犯人の血液がのこっていたとか、髪の毛からも調べられるのでしょう。推理小説なんかだと、煙草の吸殻についていた唾液《だえき》からも分かるとか書いてなかったかしら。それからセッ……」

由香里は「セックス……」と言いかけて、慌ててやめた。浅見は聞こえなかったふりを装った。

「そう、だいたいそんなところでしょうね。ざっと考えてもその程度は誰でも思いつくことです。ところが松木氏はそれを思いつかなかった。考古学に興味を持つほどの彼に、そういう科学的知識がまるでないとは考えられません。にもかかわらず思いつかなかった。それはなぜなのでしょうかねえ」

「分かった……つまり、あの人は前田さんが殺された時の状況を見ていなかったからじゃありませんか？」

「いや、それならむしろ、いろいろなケースを想像して、警察が血液型を把握したことに、何の疑問も感じなかったはずです。しかし、あの時の彼の口調からは、分かるはずがないのに——というニュアンスが感じとれました」

「ああ、そういえば、たしかにそんな言い方をしていましたね」

「一般的にいえば、あんな山の中で女性が襲われたのですから、まずレイプされた可能性のあることを考えるはずです。しかし、彼はそんなことはなかったと知っていた。死体の側には煙草や髪の毛が落ちてなかった——つまり、犯行現場と死体遺棄の場所とが違うことも知っていた。それに、雨が降って、犯行の痕跡《こんせき》が跡形もなくなっていることに、絶対的な自信を持っているから、なぜ血液型が分かるのか——という疑問が、思わず口をついて出たのでしょう」

「ほんと、そうですねきっと……えっ、それじゃ、あの人、前田さんが殺された時、そこにいたっていうことですか？　だったら、やっぱりあの人と一緒にいた男が犯人っていうことになるじゃないですか」

「ふつうならそう考えたいところです。しかし、さっきの彼の様子を見ましたか？

僕が相棒のことを教えてくれと言った時、拒否はしたけれど、それほど強い拒否反応ではなかったでしょう。場合によったら連絡してもいいようなことを言っていたのは、あれはたぶん本心だという印象を受けました。これは勘ですが、たぶん、今夜にも僕のところに連絡してくると思いますよ」

「それはあれじゃないですか？　ここまで知られたら、いずれは分かることだと、観念したっていう」

「そう、それも考えられることの一つですね。もう一つ考えられることは、その相棒も犯人ではないか、あるいは、たとえ犯人だとしても、犯行がばれっこないという絶対の自信がある場合です。もっとも、僕に連絡してくるのには、そのほかにもう一つ、考えられるケースがありますけどね」

「どんなことですか？」

「僕を消す目的があるケースですよ」

「えーっ、浅見さんを殺そうっていうんですか？」

「ははは、そんなに驚かなくても大丈夫。そんなことにはなりません。なぜかというと、僕を殺す場合には、あなたも消す必要が生じるし、巌根老人だって、殺さなければならなくなるかもしれない。あまり仲のよくない奥さんも、僕たちのことを知っている以上、犯行を勘づくでしょうしね。そんなに次から次へと、殺す対象があっては、とても犯行に踏み切る決心はつきませんよ」

「でも、いざとなったら、何をやるか分からないのとちがいます？」

「ははは、すっかり脅かしてしまいましたかね。まあ、いずれにしても用心するに越したことはありません。あなたも夜道の一人歩きや、夜遊びは当分控えたほうがいいです」

「夜遊びなんかしませんよ。大学は六時前には追い出されちゃうし、そのあとは真っ直ぐ帰宅するしかないんですもの」

「ふーん、ずいぶん早いのですね」

「昔、あの近くに痴漢が出没して、大学の前の坂を登って行ったところにある高倉台団地の娘さんが一人、誘拐されたことがあるのだそうです。いまはそんなことはないみたいですけど、大学としては用心して、そういう決まりにしたって聞きました」

「高倉台というと、さっき松木氏が言っていましたね。あの日、鉢伏山から鉄拐山を通って高倉台へ下りたって」

「ええ、そうですそうです。いまは団地になってしまいましたけど、あの辺は昔は高《たか》倉山《くらやま》の一部で、そのまま六甲山の尾根につながっていたのです。いまでも、六甲山の縦走ハイクのコースになっていて、うちの大学のすぐ北側を通って、栂尾山、横尾山《よこおやま》から須磨アルプスを抜けて摩耶山《まやさん》へと渡って行けます」

「そうすると、神戸女子大の側からも鉢伏山へ行くことはできるわけですね」

「ええ、でも、やっぱりロープウェイで登ったほうが楽だし早いし、よほど脚に自信があるか、物好きでもないかぎり、大学のほうから鉢伏山に登ろうなんていう人はいないと思いますよ」

例のマンションのところまで戻って、護岸堤を上がった時、周囲の風景からスーッと明るさが消えていった。振り向くと、太陽は地平線近い雲の中に隠れたところだ。

山陽電車に乗って、人丸前駅で降りた時には、その太陽は完全に沈みきって、残照だけの明るさが靄《もや》のように辺りを包んでいた。

浅見は由香里を自宅までエスコートした。由香里はすぐ近くだからいいと固辞したのだが、一応、ご挨拶だけでも——と、浅見は律儀なところを示しておきたかった。

崎上家には母親だけがいた。浅見が自己紹介するまでもなく、前田淳子の遺体発見の経緯は由香里の口から詳しく説明がなされていた。

「事件に巻き込んでしまう結果になって、ご心配をおかけしました」

浅見は謝ったが、母親は「とんでもございません」とかえって恐縮していた。

「由香里は、前田さんが行方不明になったのは、まるで自分の責任みたいに思っておりましたので、自分の手で見つけられたのが、せめてもの慰めいうてもよろしいでしょう。浅見さんのお蔭《かげ》です」

上がって、一緒に食事をというのを、玄関先で失礼した。由香里は坂の上まで送ってきた。谷を挟んだ向かい側の暗い森を指さして、得意そうに言った。

「そこに見える森が柿本神社で、その向こうの高いのが明石天文科学館です。今度は昼間来てください、ご案内しますから」

「ぜひお願いします」

もう海峡は闇に沈み、船の明かりが蛍火のように揺れて見えた。浅見は心楽しい気分になって、人丸町の急な坂を下った。

3

崎上家の食事の誘いを断ってホテルに戻ったのは、もちろん松木からの連絡を待つためでもあった。浅見はサンドイッチのルームサービスを取って、あとは部屋に備えてあるインスタントコーヒーで夕食をすませた。

八時過ぎ、富永から電話がかかって、いま三宮にいるので、出てきませんかと言う。部屋を出るわけにいかないと言うと、それじゃ、土産を持って部屋まで行くと電話を切って、ものの十分ほどでやって来た。中華街で買ったシュウマイと、ワインをぶら下げていた。

富永は前田淳子の密葬の話やらで、ひとしきりしんみりしたが、じきに持ち前の陽気さに戻って、よく喋《しゃべ》った。

「まだ泊まったことはないが、いい景色ですなあ」

テラスに出て、近所迷惑では——と気がひけるほどの大きな声で言った。

部屋の窓から眺める夜景はほんとうにきれいだ。昨日も今日も、結婚式のパーティが多かったらしい。明らかに新婚旅行と分かるカップルもずいぶん見かけた。

「いやあ、まったく、こんな結構なホテルに独りで泊まるなんて、もったいない話です。聞くところによると、浅見さんはまだ独身だそうですな。彼女と一緒に来ればよかったじゃないですか」

「そんなのはいませんよ」

「えっ？　またまた。ほんとはもてもてなんでしょうに」

「いや、ほんとうにいないのです」

浅見はムスッとした顔をしているので、富永はまずいことを言ったと思ったのか、その話題をすぐに引っ込めた。

ホテルの建っている辺りを中心に、ポートライナーというモノレールが時計と逆方向の一方通行で走っている。コンピュータ制御による完全な無人で、神戸市内までおよそ十五分。便利な足である。ほとんど音を立てずに、キラキラと銀河鉄道のような光の帯が回って行った。

ポートアイランドといい、このモノレールといい、神戸市が打ち出した新都市開発の計画は、目下のところすべて順調に見える。

「山、海へ行く」というスローガンで始まったこの開発は、六甲山の裏――北側にある山地を削り、その土砂を使って神戸港を埋め立て、平地が狭いという神戸市の宿命的欠陥を解消しようというものだ。

その構想は一九五八年に神戸市開発局が創設されると同時に実行に移され、崎上由香里が言っていたように、すでにポートアイランドが完成、六甲アイランドもほぼ完成、いまは第二ポートアイランドの建設が進められている。

山を削って海を埋める――というのは、ごく単純な発想だが、驚くべきは、土砂の運搬方法にベルトコンベアを使ったことである。六甲山系の山の下にトンネルを掘り、そこにベルトコンベアを通し、そのまま須磨海岸の積み出し栈橋まで運ぶ。ベルトコンベアの総延長は十四キロにも及び、これによって、とかく問題の多いダンプカーを完全に排除した。過積載のダンプが踏切で停まらず、列車と衝突した事故のあった千葉県と好対照だ。何をしなければならないか——を根本から考える行政とは、かくありたいものである。

浅見がそのことを言うと、富永も「たしかに」と大きく頷《うなず》いた。

「この神戸の都市開発は画期的なものですよ。しかし、そうはいっても、何もかもがうまくいっているのかは、歴史の証明をまたなければならないでしょうな。現に、埋め立て地の地盤沈下の噂がありますしね」

「そういえば、旗振山や鉄拐山の北側で、土砂を採取した山肌の崩壊の危険もあるとか聞きました」

「そうです、行政当局だけならまだしも、開発ブームに便乗して、民間の業者が見様見まねの『開発』を行っているので、心配なことです。ことに、この辺りの地質はもろい。大雨が降るたびに、小さな崩落が起きているのです。下手をすると、思わぬ災害ってやつに見舞われる危険性は大いにありますよ」

浅見は富永の話を聞きながら、明石の西八木海岸の崩壊を想像していた。雨が降るたびに、骨が出てはいないかと海岸を歩く、松木という男の顔が思い浮かんだ。

その脈絡もないような想像の中で、浅見は何か得体の知れぬ、淀《よど》んだ意識の塊とでもいうようなものを感じていた。

そんなふうに現れる意識の塊は、おうおうにして着想の卵である場合が多いことを、これまでの経験から、浅見は知っている。時として、とんでもない着想を生み出す卵だ。

(何なのだろう？——)

浅見は、ねずみ色の意識空間に浮かぶ、紫色の卵の正体を見極めようと、思念を凝らした。

「どうかしましたか？」

心配そうな富永の声でわれに返った。

「いや、ちょっとぼんやりしました。疲れているせいかもしれません」

「あ、そうでしたな。こいつは気がきかなかった。それじゃ、私はこれで引き上げます。休んでください」

浅見が「大丈夫です」と言うのを「まあまあ」と押しなだめるようにして、富永は帰って行った。

一人きりになると、浅見は急に不安になってきた。何か大変な失策をやらかしているような気分であった。

松木からの連絡がないことが、その不安を増幅させた。その不安は時間が経つにつれてしっかりしたかたちを成してきた。

（しまった――）と思った。

なぜそんなことに気がつかなかったのだろう――。

浅見は電話に飛びついて、メモしてきた松木不動産の番号をプッシュした。

「はい、松木です」と、夫人のくたびれた声が聞こえた。

「夜分恐縮ですが、昼間伺った者です。ご主人はいらっしゃいますか？」

「ああ、主人でしたら、出てますけど」

「あの、どちらへ？　いつごろお帰りになりますか？」

「さあ、行く先も帰る時間も言っていかなかったもんで、分かりませんけど、また金山堂さんにでも行ったのとちがいますやろか。私に隠れて、どこぞにコソコソ電話しておりましたさかいに」

「何時ごろお出掛けですか？」

「七時前だったと思いますよ」

すでに三時間を経過している。「仲間」の説得に手間取っているのだろうか。それとも……。

電話を切ったあと、浅見の不吉な予感は、しだいに確信へと形を変えて行った。

（松木は殺される――）

犯人にしてみれば、「捜査」の手掛かりになっているのは、いまのところ松木だけなのだ。松木さえ消してしまえば――と考えるのは、ごく当たり前の発想ではないか。

（なんてことを――）と、浅見は西八木海岸からあっさり引き上げてきた自分の迂闊《うかつ》さを罵《ののし》った。

しかし、いまとなっては、どうにも手の打ちようがない。とにかく、どういう展開になろうと、待つしかなかった。

ベッドに入っても、浅見は悶々《もんもん》として寝つかれない、長い夜を送ることになった。眠ったと思うと、いやな夢で目が覚める。崩れ落ちた崖《がけ》から白い骨が無数に出る夢だったりした。

朝、目覚めるなり、浅見はテレビをつけた。何か新しい事件の発生がないか、不安が突き上げてくる。もっとも、かりにこの朝どこかで死体が発見されたとしても、ニュースになるにはしばらく時間がかかるだろう。

八時になるのを待って、もう一度松木の家に電話をした。

「夕べは帰って来んかったのです。こんなのは初めてですけどなあ」

松木夫人の不愉快そうな声は、浅見の不吉な予感を決定的なものにした。

「どこにいらっしゃるか、分からないのでしょうか？」

「さあ、どこですやろ」

「探してみたらいかがですか？」

「探すって……そんなん……そのうち帰ってくるやろ思います」

夫人は、余計なお世話よ――と言いたげに電話を切った。

浅見はいても立ってもいられない気分だ。いまごろは、どこかの野辺か海の底か、とにかく、無残に殺された松木の死体が転がっているのではないだろうか――という想像ばかりが、頭の中で渦巻いた。

朝食をすますとホテルを出た。ポートライナーには親子連れの客が目につく。運転士のいない先頭車両の最前部が、ちょっとした展望車のようで、子供たちがひしめいていた。それを見ていて、今日は日曜日であることに気がついた。

もっとも、当然のことながら捜査本部には日曜も休日も関係がない。須磨署の川上部長刑事もちゃんと出勤していた。朝の捜査会議を終えて、捜査員たちがいっせいに聞き込み捜査に出掛ける混雑の中、眠そうな顔の川上を玄関先でつかまえた。

「なんや、また見えたんですか。こんな早《はよ》うから、えらいご精勤ですなあ」

川上は呆《あき》れたような、うるさそうな口調で言った。少なくとも歓迎はされていないらしい。

「ちょっと重大なお話があって来ました」

浅見は真剣そのものの顔で言った。

「重大って、何ですか？　これから行かねばならんのですけどな」

川上は、脇で待機している若い刑事のほうに、顎《あご》をしゃくってみせた。聞き込み捜査は通常、二人が一組で行動する。

「じつは、前田さんを発見するきっかけとなった、須磨浦公園駅の二人連れのことなのですが。そのうちの一人を探し当てました」

「何やて？……」

さすがに、川上も驚いて向き直った。浅見は昨日の「捜査」を簡単に説明した。

「そういう勝手なことをしてもろたら困るのやけどねえ」

川上は、こっちを相手にしなかったことなど棚に上げている。

「しかしまあ、とにかくそれらしい人物を特定してくれたいうのは、評価せなあかんのでしょうな。それで、その松木いう人物の住所は？」

「住所は明石市大久保町八木というところですが……」

「そしたら、一応、行ってみますか」

「あ、それがですね、じつは、松木さんは昨夜から帰宅していないのです」

「ほう……」

「それで、もしや――と思えるふしがありまして」

「もしや、どうしたというのです？」

「ひょっとすると、殺されている可能性があるということです」

「どういうことです？」

　川上は鬼のような顔になった。

　浅見の説明を聞くと、川上は踵《きびす》を返して、「とにかく中に入ってくれませんか」と浅見を引っ張るようにして、署内に戻った。聞き込み捜査どころではなくなったということなのだろう。

　捜査本部には榎坂《えさか》という主任警部が一人残って、書類の整理をしていた。川上から報告を受け、浅見の話を聞いて、ひどく難しい顔になった。

「すみませんが、あなた、もう一度松木さんのお宅に電話をしてくれませんか」

言葉つきは丁寧だが、面白くない気持ちは、無表情を装った浅黒い顔の上に露骨に表れている。

午前十時十分――と浅見は時計を確かめてから、電話をかけた。松木夫人はさらに無愛想な声になって、「まだ戻っておりません」とだけ言って、一方的に電話を切った。ふつうなら腹を立てるところだが、ことによると、すでに「未亡人」と名前が変わっているかもしれない彼女のことを思えば、ただ気の毒に思うばかりだった。

榎坂警部は「あなたの言うとおりかもしれませんね」と言った。

それから、浅見と川上は、若い鶴谷《つるや》という刑事の運転する車で松木の家へ向かった。第二神明道路を通ると明石まではほんのひとっ走りの距離であった。

松木夫人は浅見が刑事を連れてきたので、すっかり怯《おび》えてしまった。さすがに、夫の身にただならぬことが起きたと感じないわけにいかなくなったのだろう。浅見に対するのとはまるで態度が変わった。

彼女の話によると、松木は昨日の夕方、海岸から戻ると、浮かない顔をしていたということだ。それからしばらくぼんやりしていたが、六時半ごろ、どこかに電話して、七時ごろに家を出た。

「どこへ行くのか訊いたのですけど、いや、すぐ戻るいうて、それっきりでした」

「その電話の内容は、昨日お聞きした程度のことしか分かりませんか？」

浅見は訊いた。

「そうですわねえ。何やも小さな声でばっかし喋っとったし……まさか、女の人がおるとも思えませんけど」

どこへ行ったのか、まったく心当たりはないという。念のために金山堂の巌根老人に電話してみたが、まったく何の音沙汰《おとさた》もないそうだ。逆に浅見に、「松木君、どないかしましたか？」と訊いている。

次第に事態は深刻な様相を帯びてきた。

とにかく、いったん引き上げることにして、第二神明道路に乗ったとたん、無線連絡が入った。榎坂警部が「大至急、移情閣《いじょうかく》前の岸壁へ行ってくれんか」と言っている。

川上が「了解しました、ただちに移情閣前に急行します」と応じ、しばらく間があってから、榎坂は「たったいま、垂水《たるみ》警察署からの情報で、移情閣前の岸壁に男の変死体が漂着したそうだ。どうも例の、浅見さんが言っておった松木という人物の疑いがある」と言った。

恐れていたことが、ついに現実になった。浅見は全身の力が抜けるような、絶望的な気分がした。

4

浅見家のカルタ会で、ゲームの最初に詠むカラ札の文句の一つに、〔カラ一枚明石舞子《まいこ》の浜千鳥啼《な》いて別るる淡路島山〕というのがある。

明石・舞子・須磨はかつてワンセットで風光明媚《ふうこうめいび》の地の代表として知られていた。ことに舞子の浜の海岸の磯馴松《そなれまつ》は「千両松」と絶賛された。松林越えに淡路島を眺める風景を愛《め》でて、有栖川宮《ありすがわのみや》家の別邸をはじめ、ここに多くの別荘が建てられた。

大正二年（一九一三）に中国革命の父・孫文《そんぶん》が来日した際、それを記念して建てられた別荘が移情閣である。三層八角形の特徴的な建物だが、外観は六角形に見えるところから、地元では「六角堂」と呼ばれ、親しまれている。

移情閣のある神戸市垂水区東舞子町は、明石海峡大橋の本土側のつけ根になる町だ。

移情閣の敷地の外側の埋め立て地が、明石海峡大橋の舞子側作業基地になっている。巨大な吊《つ》り橋《ばし》のワイヤーを固定する根っこになる部分が、この海岸に建設されつつある。作業基地も広大で、宿舎や資材置場などが建ち並んでいる。

基地の沖合には、すでに二百メートルの高さを超えた橋脚がそびえ立ち、新しい景観の誕生を実感させる。

午前十一時ごろ、その作業基地の岸壁下に死体が漂着しているのを、作業員の一人が発見、ほかの仲間を動員して死体を引き上げるとともに、警察に通報した。

死体は三十歳から四十歳ぐらいの男性で、所持品等に身元を示すものはなかったが、上着に「松木」というネームの縫い取りがあった。

死因は頭部に、野球のバット様の鈍器で与えられた、数回の打撲による脳挫傷《のうざしょう》と推測された。まずは惨殺といっていい。

浅見たちが到着してまもなく、松木夫人も駆けつけた。死体はやはり彼女の夫——松木則男《のりお》であると判明した。

身元確認の際、浅見ですら、恐怖を克服して、死体に覆いかぶさるように、傷の状態などを見たのだが、松木夫人は恐ろしげに立ちすくむばかりで、夫の死骸《しがい》に近づこうとしなかった。この夫婦の関係はかなり冷却していたと思われた。

垂水警察署による実況見分が進められるかたわら、浅見は事件の背景を知る人物として、事情聴取を受けた。川上もその席に立ち会い、要所要所で事実関係を証明する解説を加えた。

前田淳子の死体を発見した時点からここに至るまでの、浅見の推理や行動が、きわめて的確なものであったことは、警察も認めないわけにいかなかったようだ。

結局、前田淳子殺害事件とこの事件との関わりは、ほぼ疑う余地のないものであるという結論に達した。

その観点から、捜査は須磨署の捜査本部が主導し、垂水署がそれに協力するという体制で進められることになった。

午後五時には、浅見は須磨署の会議室で、綿のように疲れた五体を硬い椅子に委《ゆだ》ね、窓越しに暮れなずむ雲の動きを眺めていた。捜査本部が置かれている大会議室の隣の、十人ばかりが入れば満パイになりそうな小さな部屋だ。

もう、しばらくは動く気にもなれそうにない。まったく、心身共に疲れるとは、こういう状態を指すにちがいない。

ことに、松木の死を阻止できなかったことで、浅見は精神的に参ってしまった。こうなることは、ちょっと考えれば分かりそうなものを、浅見としたことが、配慮に欠けたと言わざるをえない。

もっとも、浅見の誤算は松木の「気の弱さ」を過信したせいでもある。気が弱いとは用心深いのと同義語に近いと、浅見は思っていた。第三者の自分でさえ、ちょっと考えれば分かるような危険に、松木のような気の弱い人間が、みすみす身を晒《さら》すとは、頭から思いつかなかった。

だが、実際には松木は危険な相手のところに、ノコノコ出掛けて行ったのだ。

（なぜだ？――）と、浅見は松木のためにばかりでなく、腹が立った。

ともあれ、松木は相手がよもや自分を殺すだろうなどとは、これっぽっちも思わなかったにちがいない。ということは、つまり、彼らはそういう信頼関係にあったと考えるべきなのだろうか？

崎上由香里の話によると、前田淳子は「取材先で」二人に会っていると言っていたそうだ。そこでは、二人は「おたがいに悪口を言いあって」いたというのである。

（取材先とはどこなのだ？――）

浅見はあらためてそのことを思った。

驚いたことに、これまで浅見は、淳子が言っていたという「取材先」とは、巌根老人が率いる明石原人の例のグループのことだとばかり思い込んでいた。いや、いままでもそうでないとする根拠はない。しかし、そうではない可能性もあるのだ。

かりにそうでなく、もしも松木の相手が明石原人のグループとは無縁の人間だとしたら、その人物を捜す手掛かりはどこに求めればいいのだろう。

ドアがノックされ、榎坂警部と川上部長刑事が入ってきた。さらにつづいて、四人の私服がゾロゾロと入って、部屋はたちまち息苦しいほどの人数になった。

全員が席に着くと、「じつに異例なことなのですが」と榎坂警部が言った。

「警察の建前としては、民間人である浅見さんに、捜査会議に参加していただくような状況はあってはならないのです。しかし、どうも、これまでの経緯を考えると、そんな建前を言っている場合ではないと言わざるをえません。それとですね……」

榎坂はグッと前かがみになって、声を一段落として、言った。

「じつは、いましがた県警本部のほうに問い合わせて分かったことなのですが、浅見さんは警察庁の浅見刑事局長さんの弟さんなのだそうですね」

「えっ、あ、はあ、まあ……」

浅見は心臓がドキリとして、しどろもどろに答えた。

「ははは、いや、あなたもお人が悪いですなあ。それならそうと最初からおっしゃってくれれば、それなりの対応の仕方もあったわけでしてねえ」

「すみません。隠していたわけではないのですが、兄には関係なく行動しているものですから」

「いや、それればかりでなく、聞くところによりますと、以前、布引《ぬのびき》の滝で起きた殺人事件（注・『神戸殺人事件』参照）で、大変お世話になったという話も聞きました。そういう名探偵であるならば、ぜひとも本事件についてもご協力いただこうと、まあ、このように思っておるしだいですよ」

「はあ、僕でできることなら……というよりも、こんな具合に事件に関わってしまった以上、こちらからお願いして、お手伝いをさせていただきたいと思います」

「もちろんそれは大歓迎ですなあ。ははは、いやあ、これで何もかも解決です」

榎坂はいくぶん空疎に聞こえるような、高笑いをした。それに追従して、ほかの刑事たちも薄ら笑いを浮かべた。笑ってはいるけれど、本心は面白くないにちがいない。中央のお偉方の身内だからといって、偉そうな顔をされちゃ、たまったものじゃない――ということだ。

それが手に取るように分かるだけに、浅見は背中を丸め、小さくなった。

「ところで、本論に入らせていただきますが、ガイシャの松木則男に関するデータはここにコピーしときましたので、参照してください」

榎坂はB４サイズの紙にぎっしり書き込んだものを、テーブルの上に載せて浅見のほうに滑らせて寄越した。

松木則男　三十一歳――に始まる基礎的なデータのほかに、事件の概要についても整理されている。その中で注目すべき点は二つあった。

一つは死亡推定時刻。昨夜午後八時～九時というのは、松木が自宅を出てほんの一時間程度しか経っていない時点である。松木は犯人と会って間もなく殺された――というより、犯人は初めから殺害を目的として、松木を呼び出したと考えてよさそうだ。

もう一つは死体遺棄現場の推定である。発見現場は夜間でも作業員の出入りなどがある関係で、外部の不審者が近づきにくい。いろいろ調べた結果、現場の東側――垂水漁港から塩屋漁港に至るまでのあいだのどこかではないかと推定された。この間には「平磯《ひらいそ》海づり公園」という広大な埋め立て地があって、その気になれば、どこからでも海に投棄できそうだという。つまり、犯人には十分な土地鑑があったと見ていい。

ただし、現時点までの聞き込み捜査では、昨夜、それらしい不審者を見かけたという情報は採れていない。

「いかがです？　本事件の見通しは？」

榎坂は試すような目で浅見を見て、そう言った。

「見通しは暗いですね」

浅見は首を横に振った。

「とりあえず、急いでやっていただきたいのは、金山堂の巌根さんのところにある写真を須磨浦公園駅の改札係に見せて、その中に松木氏と一緒に鉢伏山に登った仲間の顔があるかどうかを、確認してもらうことです」

浅見はあらためて、前田淳子が目撃したという、須磨浦公園駅の「黒っぽいジャンパーの二人連れ」について説明した。

「その人物が、ことによると、即犯人であると考えていいでしょう。ただし、その写真の中にない可能性もありますが……」

「分かりました、すぐにその作業に取りかかりますよ。それから先のことは、その結果が出てから考えましょう」

榎坂は仕事のできる警部らしく、きびきびと判断を下すタイプだ。

会議が散会すると、川上部長刑事が浅見を夜の須磨の街に連れて出た。

「関東煮《かんとうだき》を食わせる店があるのです」

路地を入ったところの、あまりきれいな店ではなかったが、店いっぱいに旨そうな匂いが漂っていて、空腹を刺激した。

川上は焼酎《しょうちゅう》を、浅見はビールを飲んだ。関東煮とは「おでん」のことだが、関西風のおでんはうすくち醤油《しょうゆ》を使っているから、東京のおでんのように、煮しめたような色ではなく、材料の色が生きていて、上等な感じがする。食べてみても、実際、旨い。

「どうも、浅見さんが刑事局長さんの弟さんだとは、驚きましたなあ」

川上はやはりそこにこだわっている。

「いや、その話はもうなしにしてください。いつまで経っても兄の七光りで生きているようで、情けないのです」

浅見がほんとうに情けない顔をするのを見て、川上は「へえー」と感心したような声を出した。

「自分やったら、七光り大いに結構やないか、思いますがなあ」

「そんなことはありませんよ。僕が何をやっても、兄が偉いからだと言われますからね。逆にヘマをすれば、兄に較べられて、クソミソです」

「なるほどなあ、聞いてみると、人それぞれ辛《つら》いものがありますなあ」

アルコールが入ったせいか、川上は気分がよさそうだ。

「ときに浅見さん、あの崎上さんいう女性は恋人ですか？」

「とんでもない、単に、殺された前田さんの後輩というだけの関係ですよ。第一、いくつ歳が違うと思うのですか。彼女はまだ神戸女子大の二回生ですよ」

「しかし、愛があれば歳の差なんか――いうやないですか」

「そりゃ、言ったり思ったりするのは勝手ですけど、相手に失礼です」

「そうですか、関係ないのですか……美人だし、ええ子やのになあ。神戸女子大の娘さんたちは、総じて感じのええ子が多いみたいですな。ときどきあそこの坂ですれ違うのやけど、若い女性が颯爽《さっそう》と歩いて来るのは、なかなかええもんです。いや、そう思うだけで、痴漢とはちがいまっせ」

　川上は下らないことを言って、だらしのない笑い方をした。

「そういえば、あの坂道には痴漢が出没するのだそうですね？」

「ああ、以前はそういうこともありました。十年以上昔のことになりますか。自分が隣の長田《ながた》署に勤務しとったころですが、団地の娘さんが一人、誘拐されて、いまだにそれっきりいう事件もあります」

「そうだそうですね。警察は捜査をしたのですか？」

「もちろんしましたよ。ここの須磨署が扱って、事件発生直後に交通機動隊を動員して周辺道路を検問したのやが、間に合わんかったのです。近頃は車と道路が発達しよって、あっという間に遠くまで行ってしまいよるもんでねえ」

「その女性の死体も出ていないのですか」

「出ておりません。家族にしてみると、そういうのもまた辛いもののようですな。ずいぶん長いこと葬式も出せんと、おふくろさんなんかは、ノイローゼになってしもうてから、気の毒なことでした。いっそ、死体でも出てくれたほうが、諦《あきら》めもつくいうものでしょうが。しかし、十年以上ともなると、完全に白骨化しておるでしょうなあ」

隣の客がいやな目でこっちを睨《にら》んだ。食い物屋で喋る会話としては、あまりふさわしくない。

浅見は苦笑しながら、その客に小さく頭を下げた。

その頭を下げた瞬間のカクンというショックのせいか、浅見は何か思考の中にズキンとくる、痛みのようなものを感じた。着想の卵にひびが入ったような——といってもいいかもしれない。

何か見落として歩いていたものを、ひょっとすると発見できそうな予感であった。

第四章　誘拐の行方

1

翌朝、まだ八時前だというのに、榎坂警部から電話が入った。まったく、日本の警察というところは、よく働くものである。

「昨夜遅くまでかかって、須磨浦公園の駅員に写真を見てもらいましたが、該当する人物の写真はありませんでした」

榎坂は眠そうな声で言った。

「浅見さんが言われたとおり、巌根老人のところから借りた写真は段ボール箱一杯ありました。そいつを駅員に洗いざらい見てもらった結果、たしかに松木の写真は何枚も指摘できましたがね、もう一人の、松木と一緒におった男のものと見られる写真は、ついに発見できなかったのです」

写真の中には集合写真もあって、個々の顔がかなり小さく、識別困難なものも少なくないから、絶対とはいえないけれど、とにかく深夜まで頑張って、見てもらった結果がそういうことになった。

「それから、駅員には、松木の家にあった写真についても、同様に調べてもらいました。松木という男は、よほど明石原人研究会の活動が好きだったのですかなあ。四年前に入会した当時からの写真を、きちんとアルバムに整理してありました。そのアルバムの、最近の分の中には、殺された前田淳子さんの顔もちらほら見られましたが、しかし、もう一人の男の顔はまったく入っていません」

「そうでしたか……」

浅見の懸念は現実のものとなった。松木則男と一緒に鉢伏山に登った人物は、どうやら明石原人研究会の仲間ではなさそうだということになる。

「以上のような状況です。本日は駅員に協力してもらって、モンタージュを作成することになりますが、浅見さんのほうに何か妙案でもありましたら教えてください」

榎坂はあまり期待していない口ぶりでそう言った。それが分かっているけれど、浅見は「はあ」と言ったきり、ほかに返事のしようがなかった。榎坂の言うように、モンタージュ写真を作って、問題の男を捜し出す以外に、妙案などあるわけがない。

この日が浅見のチェックアウトの予定日であった。考えてみると、前田淳子の「捜索」を依頼された今回の旅は、悲劇的な結末を見た時点で、本来の目的が失われたことになる。富永は何も言わないが、淳子の死体を発見した翌日には、ここを引き払わなければならなかったのかもしれない。

そういう、金銭にからむことに関しては、浅見は妙に律儀な性格だ。ローンはもちろん、身内から借りた金の返済も、約束どおりきちんきちんと忘れずに払う。もっとも、その割りには、人に貸した金のことはケロッと忘れてしまうあたりが、坊っちゃんの坊っちゃんたる所以《ゆえん》ではあった。

（さて、どうするか――）と浅見は思案した。事件の目鼻がつくまでは帰るに帰れないとしても、こんな上等なホテルに、プライベートでいつづける身分ではない。ひとまずここを出て、市内のビジネスホテルに宿替えするとしようか――。

朝の出勤が遅い富永の自宅に電話した。思ったとおり、九時近いというのに、富永はまだ家にいた。浅見がチェックアウトのことを言うと、「えっ、どういうことですか？」と噛《か》みつきそうな声を出した。

「だめですよ、そんなの。事件はちっとも解決していないじゃないですか。今度は松木という男まで殺されたというのでしょう。事件は始まったばかりです。頼みますよ。まだいてくださいよ」

『旅と歴史』の藤田編集長そっくりの、押しつけがましい口調であった。編集長だとかデスクだとかいう人種は、誰もかれも似たような性格をしているにちがいない。

「ホテルのほうには、昨日のうちに延長を頼んであります。とりあえず向こう一週間だけにしておきましたが」

「一週間？……」

浅見は呆《あき》れた。そんなに長く留守にしていたら、居候を廃業したと思われて、浅見家に自分の帰るべき部屋がなくなっちゃうかもしれない。

「足りなかったらまた延ばします」

富永は勘違いして、付け加えた。

「いえ、とんでもない、それにはおよびません。それに、そんなにご迷惑をおかけしては申し訳なくて」

「何をおっしゃいますか、浅見さん。ご迷惑どころか、わが社としては、浅見さんが事件の渦中にいてくださるあいだは、スクープをほしいままにできるわけですからね。社会部の連中は大喜びですよ。やつらが浅見さんに密着取材をしたいと言うのを、やっとこさっとこ、抑えておるくらいなものです。この後もぜひお願いしたいし、解決後は事件ストーリーを特別連載していただきたい。いや、もちろん浅見さんがいやでなければ——の話ですがね」

なるほど、さすがに関西人らしい——と浅見は感心した。たんなるセンチメンタリズムだけでなく、ちゃんと計算しているものである。あるいは、こっちの精神的負担を軽くするためにそう言ってくれているのかもしれないが、いずれにしても、たしかに浅見は気が楽になった。

「それにしても、一週間は長すぎます」と浅見は言った。

「そうですか、無理ですか。スケジュールが詰まっているならやむをえませんが」

「いいえ、スケジュールなんて気のきいたものはありませんが、あと三日もあれば十分ですよ。三日でだめなものは、たとえ一週間いても一ヵ月いてもだめだと思いますから」

「ふーむ、そういうものですかなあ……分かりました。しかし、とにかく一応、ホテルのほうは一週間、延長しておきます。事件が解決したら、その時はキャンセルすればいいことですから」

話がまとまって、浅見はほっとしたが、それと引き換えに、責任を痛感しないわけにいかなくなった。あと三日——などと言ったのが、ただの大言壮語に終わらない保証は、いまのところまったくないのだ。

松木則男が死んで、第二の男の手掛かりが途絶えたいまは、手詰まり状態と言うほかはない。

「ところで富永さん、前田さんの取材先のことなのですが」と浅見は言った。

「彼女の業務日誌に、取材先のことは書いてないのでしょうか？」

「いや、うちは業務日誌なんてものは書かないのですよ。それぞれ必要があれば書くだろうし、毎日の行動や予定はメモしていますからね。しかし、前田クンの場合は几《き》帳面《ちょうめん》で、自分のノートにきちんと日誌をつけていました。まだペーペーの新人でしかなかったが、彼女の日誌を読むと、対象や問題点の把握など、なかなかしっかりしたものがあります。誰かが彼女のことを評して、使命感に燃えていたなんて言ってたが、まったく、ジャーナリストへの道をひたむきに歩いていたという感じがしております」

富永は痛恨の想いを込めて言っている。

「その日誌ですが、見せていただけませんか？」

「いいですとも。それじゃ、あとで届けさせましょう」

「いえ、僕のほうがそちらへ伺います」

浅見はすぐに身支度を整えてホテルを出た。神戸から大阪までは小一時間かかる。残された三日——七十二時間の内の一時間は貴重である。

J新聞社は中之島《なかのしま》の北側にある。窓から見える御堂筋《みどうすじ》のイチョウ並木が色づきはじめていた。

富永は前田淳子の遺品である三冊の大学ノートを用意していて、J新聞社の隣にある喫茶店に案内した。

「入社して三ヵ月は研修と見習い期間のようなものでしたが、うちの部に配属されてからは、先輩にくっついて歩いて、猛烈に勉強しておりました。これを見ると、あたら才能ある女性を——と思いますよ」

富永の言うとおり、ノートには取材の記録はもちろん、日々の出来事に対する感想、意見などが真摯《しんし》な筆致で書き込まれてある。政治の不正を指弾する文章があるかと思うと、心斎橋筋《しんさいばしすじ》で拾った、おばあさんと女子高生との心温まる触れ合いといった、何でもないような話題もある。文章はまだ拙《つたな》いところもあるけれど、どれもこれも、明らかに新聞に載せることを意識した、いわば習作のような書き方であった。

どの文章を取ってみても、ジャーナリストの一員として、ひたむきに生きようとする若い女性の気概が横溢《おういつ》している。この才能、この希望、輝かしい未来を打ち砕いた犯人に対して、浅見は心の奥底から憤りがこみ上げてきた。

富永が言っていたように、前田淳子が明石原人研究会とたびたび接触していた様子は、この日誌を見ればよく分かる。

明石原人研究会といっても、明石原人ばかりを対象にしているわけではなく、周辺の古墳などに出掛けたりするらしい。前田淳子はそれに同行して、「研究」の様子を細かく描写している。たとえば「得能《とくのう》山古墳」については、次のように書いてあった。

――今回は、山陽電車板宿《いたやど》駅を下車、北へ、板宿商店街を通り抜け、妙法寺《みょうほうじ》川を渡り、須磨女子高の東（神戸市須磨区板宿町三丁目）に所在していた「得能山古墳」を訪ねた。

この得能山の地名由来として、建武《けんむ》三年、新田義貞《にったよしさだ》に属し湊川《みなとがわ》で足利尊氏《あしかがたかうじ》を迎え撃った四国伊予《いよ》の豪族・得能《とくのう》氏がこの山に陣を張ったとか、その合戦で自害した得能通俊《みちとし》を山上に葬ったことによるなどという説がある。

横尾山から東へ延びた尾根突端、標高約五十メートルの地を、大正十二年に同地の所有者菅《かん》竹治氏から住宅地とすることを請け負った合資会社津田組が工事を行い、翌年二月五日、竪穴式石室《たてあなしきせきしつ》を掘り当て遺物を発見した。その翌日は見学者で混雑したらしい。

得能山古墳からは、一体の人骨、二面の鏡、刀等々が発掘された。性別が判明するような埋葬人骨が残る例は少ないが、得能山の主は女性で、当時としては長老といえるような年配者だったと考えられるそうだ。


だいたいこういった内容で、研究会の活動ぶりについて、かなり詳しく書いてある。このほか「五色塚古墳」「吉田・王塚古墳」「日岡山古墳群」など、明石市内ばかりでなく、須磨区辺りにも足を延ばして、古墳や遺跡の探訪をしている。

文化部という性格上、事件物の取材は一つもなく、学術的な対象が目立つ。ことに明石原人研究会の取材は熱心だったことがよく分かる。また、その取材地で出会った地元の人との語らいや、そこで見た風景、ちょっとした出来事なども、こまめに描写して書いている。

「このどこかで、前田さんは松木氏とその仲間との会話を耳にしているのですねえ」

浅見はノートを何度もめくっては、そのどこかに「秘密」が隠れているのか、祈るような想いで求めつづけた。

「まあまあ浅見さん、そんなふうに熱心にやってくださるのはありがたいが、無理して体調を悪くしないでくださいよ。その日誌はあなたにお預けします」

富永は、浅見の異様な没頭ぶりに、心配そうな顔をした。

浅見は「はあ、はあ……」と生返事ばかりして、ノートから目を逸《そ》らすことさえ忘れていた。富永が「私はちょっと仕事がありますので、お先に――」と席を立ったのにも、気がつくのが遅れた。

「じゃあ、失礼しますよ」

レジのところから声をかけられて、浅見はようやく気がついた。

「あ、すみません、お忙しいのを……」

店を出て行く富永の背中に向かってペコリと頭を下げた。

その瞬間、浅見の脳裏に、夕べの関東煮の店で体験したのと同じ、何かがはじけるようなショックが走った。

(問題は動機だ――)と浅見は思った。

なぜ、前田淳子は殺されなければならなかったのか――。

もちろん、そんなことは、事件が起きて以来、いつの段階にも頭の中にある疑問だ。

しかし、今回の場合、とことんつきつめて動機のことを考える作業を、浅見はまだしていなかった。

警察もまだ、動機の特定ができていない。事件当時、前田淳子は一万円程度の現金とカードなどのほか、指輪、腕時計をしていたが、それらは盗まれていなかった。したがって物取り目的ではなかったし、衣服の乱れもなく、レイプ目的の犯行とも考えられない。

かといって、単なる通り魔の犯行であるならば、その後の松木が殺された事件の説明がつかない。

物取り目的、レイプ、通り魔の線がないとすると、残るは怨恨《えんこん》ということになる。ひと口に怨恨といってもおそろしく範囲が広い。警察が「怨恨」と発表する場合には、物取りや暴行、通り魔、もののはずみ——等々を除いたほとんどのケースが含まれる。金の恨み、恋の恨み、僻《ひが》み、妬《ねた》み、憎悪、恐怖。そして、遺産相続などさまざまな利害関係を自分に有利にするために、邪魔者を消す場合でも「怨恨」というようだ。

前田淳子を殺した犯人の「怨恨」とは、いったい何だったのか？——

恋の恨み、僻み、妬み、憎悪、恐怖、そして金銭がらみのことと並べてみて、最後に残るのは一つだけだ——と浅見は断じた。そう断じた瞬間、意識の奥にあった着想の卵の殻が、ようやくはじけたような気がした。

2

浅見は須磨署に電話して、川上部長刑事をと言ったが、出掛けているとのことだ。今日あたりは、おそらく一日中、聞き込みに歩き回るのだろう。代わりに榎坂警部を呼んでもらった。

「やあ、けさはどうも」

榎坂は少し疲れぎみの声で、「まもなくモンタージュが上がりそうですよ」と言った。催促の電話と思ったようだ。

「ちょっとお訊《き》きしたいのですが」と浅見は言った。

「十年ばかり前、神戸女子大前の坂を上がった辺りで、若い女性の誘拐事件があったそうですが、ご存じですか?」

「えっ、十年前ですか?　いや、十年前はまだ私は大学に行ってましたよ」

「えっ、そうなのですか……」

浅見はあぜんとした。だとすると、榎坂警部は自分と同じような年代だ。三十ちょっとで警部に昇進して、捜査本部を指揮するのだから、優秀な警察官なのだろうが、それにしてもずいぶん老成した印象を受ける。

榎坂に較べれば、自分なんかガキみたいなものである。これでまた、自信喪失の材料が一つ増えた感じだが、いまはそれどころではなかった。

「どなたか、その事件のことを知っている人はいませんか?」

「そうですなあ……あそこは須磨署の管轄ではありますが、もう、ここには当時の人間は一人もおらんでしょうからねえ。県警へでも行って、資料を調べるしかないのとちがいますかねえ」

これではどうしようもない——と諦《あきら》めて電話を切った時、浅見は榎坂の言った「大学」という言葉から連想して、神戸女子大教務課の篠原愛子を思い出した。彼女の年代なら、ひょっとすると現役の学生として、女性誘拐事件に特別な興味を抱いた時期だったかもしれない。

浅見は梅田駅まで走り、阪急電車に飛び乗って須磨へ向かった。一刻も惜しい、逸《はや》る気持ちであった。

神戸女子大では、外来者は守衛所で氏名と用件を申告しなければならない。教務課の篠原愛子の名前を言うと、守衛は連絡して了解を取り、胸につける番号札をくれる。

のんびりやっているわけではないのだが、焦る浅見にしてみれば、意地悪でもされているような気がしてならなかった。

守衛からの連絡があったにも拘《かか》わらず、篠原愛子は浅見の訪問にびっくりした。

「私じゃなくて、崎上由香里さんとちがいますの？」

多少、早呑《はやの》み込みのケがあるのか、篠原愛子はそう言って、眩《まぶ》しそうな目になった。

「いえ、じつはですね、十年ばかり前に、この辺りで起きた、女性誘拐事件のことについて、篠原さんからお話をお訊きしたくて来たのです」

「ああ、そうだったんですか」

なーんだ——と、愛子は拍子抜けしたような顔であった。

「失礼ですが、その当時、篠原さんは神戸女子大の学生だったのじゃありませんか？」

「ええそうですよ。あら、いややわ。そしたら、おばんだっていうことが分かってしまうやないですか」

「すみません」

「ははは、いいんですよ。べつに隠すつもりもないのですから。それより、その事件がどうかしたのですか？」

「篠原さんはその事件のことを、よく憶《おぼ》えておいでですか？」

「ええ、もちろん憶えてます。あれはたしか……」

篠原愛子は、思い出す目を天井に向けた。

「そう、十一年前の秋分の日の前の日でした。いまはどうってことないですけど、そのころは私かて痴漢に敏感な年頃でしたもの。それに、警察の人たちがこの大学にも来て、学生たちにいろいろ聞いてはったし。私なんか物好きやさかい、こっちから首を突っ込んで行ったくらいでした」

「その事件が起きたときの状況を話していただけませんか」

「ええ、それはいいですけど……」

篠原愛子は（いまごろになって、どういうこと？——）と怪訝《けげん》そうな顔をしたが、すぐに（ま、いいか——）と思い返したらしく、表情を緩めた。

「事件が起きたのは、私がちょうど帰ろうとしておった時でした」

当時は古い図書館だったが、閉館時刻は午後八時、その少し前に愛子は帰路についた。九月の末近く、日はとっぷりと暮れて、高倉山も闇に沈んでいた。門を出ようとした時、パトカーがサイレンを鳴らしてやって来た。それが女性誘拐事件の発端であった。

あとで分かったことだが、その女性の姿は大学の守衛が見ていた。午後七時十五分過ぎごろだったそうである。

女性はこども病院前のバス停で下りて、坂道を五十メートルばかり上がったところにある丁字路を大学と反対側へ左折、高倉台団地南地区の自宅に帰る途中だった。守衛所から坂道の交差点まではかなりの距離があるのと、大学に入る道には植え込みがあって見通しがきかないから、女性の姿が見えたのはほんの短い時間だった。

その直後、守衛は、女性が消えた道から、異常なスピードで走り出してきた車を目撃した。車の種類など、もちろん分からないが、ヘッドライトを振り回すような勢いで走り出て、タイヤをきしませながら坂道を北の方向へ向かって走り去った。

この坂道は「県道神戸加古川姫路線《かこがわひめじ》」といい、奥須磨とか北須磨とか呼ばれる地方に通じるのだが、須磨区北部の開発がまだ端緒についたばかりの当時は、ここから間もないあたりで道は細くなり、文字どおり紆余曲折《うよきょくせつ》して入り組んでいた。土地鑑のない者にはあまり馴染《なじ》みのない道といってよかった。

車が走り去ってから、わずか三、四十分後にパトカーがやって来たのは、女性の家族からの通報があったためである。

その女性は須磨駅から七時ごろ、「これからバスに乗る」と自宅に電話していた。

須磨駅からはバスでせいぜい十数分の距離である。それが七時半を過ぎても帰宅しないので、心配になった父親がバス停まで出てみた。この辺りに痴漢が出没するという噂は、誰もが知っていた。

父親はバス停と自宅のあいだを、ウロウロしていた。その父親を、団地の外れ近くに住む知人が見かけて、娘が帰ってこないという話を聞き、そういえば、いましがた悲鳴に似た女性の声と、急発進する車の音がしたと話した。そして父親はすぐに一一〇番通報をしたというものである。

パトカーが女性の家に到着して、事情を聴いているあいだも、父親は警察官に早く手配してくれるよう懇願しつづけた。

こんなことで、もたもたしているうちに娘がどうなってしまうか知れない――と、身をよじるようにして言った。

警察が道路に検問を出したのは、それからおよそ三十分乃至《ないし》、遅いところでは一時間後になった。といっても、それをもって警察が怠慢であったと決めつけるわけにはいかない。父親の話を聞き、事実かどうか、父親の杞憂《きゆう》にすぎないかどうかを見極めるのには、その程度の時間は必要だ。

しかし、結果的には警察のリアクションは遅かったことになる。検問は空振りに終わり、女性を拉致《らち》した車や犯人はもちろん、いまに至るまで、女性の生死すら分からないままである。

以上が篠原愛子が記憶している事件の全容であった。さすがに女CIAといわれるだけあって、いろいろとよく知っていた。

「その事件があった後、街路灯も増やされ、パトロールも強化されましたけど、たしかに日が暮れてから帰る時なんか、ちょっと危険な感じはしていたのです。バス停なんかにいると、車がスーッと寄ってきて、『お茶しない』とか誘われました。このごろは、いくら待っていても、そんなことがぜんぜんなくて、それはそれで腹が立ちますけどね」

篠原愛子は喉《のど》の奥まで見せて、「ははは」と笑った。

彼女の話の途中で、浅見はこの付近の地図を見せてもらった。

「その車ですが、この道から走り出てきたという感じだと、一時間後には相当遠くまで行ってしまったと考えられますね」

「そうやろ思います。警察もそう計算して、十キロから三十キロ圏内を重点に検問をしたとか聞いています」

「この辺に戻ってきていたとは考えられませんか？」

浅見は、女性の自宅のすぐ近く——岬のように突き出た高倉山の反対側を指で示した。そこは「高倉台西地区」とあり、南地区とは距離的にはほんの目と鼻の先だが、山を迂回《うかい》する位置関係にある。

「えーっ、そこにですか？……」

篠原愛子はまるで非難するような口調で言った。

「僕はよく知りませんが、当時はこの辺りはまだ開発中で、人家もそれほど密集していなかったのじゃないでしょうか。かりにいま程度に人が住んでいたとしても、ここには公園もあるし、団地の西の外れですから、人目につく心配はなさそうです。犯人は車で北の方角へ走り去ったと見せかけて、実際はここで降りたのかもしれません。つまり、盲点を衝《つ》いたというわけですね」

「そうかて、なんぼ盲点かしりませんけど、こんなところで降りたら、あぶないのとちがいます？　すぐに見つかりそうやし」

「いや、それは街のほうへノコノコ歩いて行ったら見つかるでしょうが、こっちへ行ったらどうでしょうか？」

浅見の指は街とは反対方向に動いた。そこには点線で示された道路がある。高倉山を経由して鉄拐山へ登るハイキングコースだ。須磨浦公園からロープウェイで登って、旗振山を経由して六甲山へ向かう縦走コースを逆に辿《たど》ることになる。

「えっ、山へ登ったというのですか?」

篠原愛子は信じられない――という顔をした。

「そうです。犯人は女性をナイフか何かで脅しながら、この道を鉄拐山へ登って行ったとは考えられませんか」

「ふー……それはまあ、考えられんことはない、思いますけど……うちの学生も年に一度か二度は、鉄拐山登山をしています。登山といっても、大した距離ではありませんけどね。でも、そうですか、山へ登ったのですかねえ……えっ? でもそれから先はどないなったのですか?」

「さあ、その先のことは、僕の口からはとても言えません」

「つまり、レイプされたわけね」

即物的な言い方をしても、許されるような雰囲気が、彼女にはある。

「でも、そのあとどうしたのかしら? 彼女は?」

「殺されたのでしょう」

浅見も負けずに即物的に言った。

「ああ、そう、ですよね、殺されたのですよね。なんてひどいことを……えっ、そしたら、もしかして、死体はまだあの山の中にあるいうことですの？」

「たぶん……」

浅見は思いきり憂鬱《ゆううつ》そうに頷《うなず》いた。

「十年以上も発見されないとすると、死体は埋められているでしょう」

「かわいそう……」

篠原愛子は痛ましそうに眉《まゆ》をひそめた。

「すぐそこで起きたことだし、それに、あと三十分も後だったら、私が彼女と同じ目に遭っていたかもしれんと思うと、ほんま、ひとごととは思えへんわねえ……」

そう言ってから、唯一救いを求める方法を思いついたように、言った。

「でも、それは、あくまでも浅見さんの推測にすぎないわけですよね？」

「はあ、もちろんそうです。ただ、警察が検問で道路封鎖をしたことや、それ以降の捜査によっても、何の手掛かりも得られていないことを考えると、これまでの捜査とは根本的に視点を変えた考え方——つまり盲点と思われる方向を捜してみるべきではないかと思ったのです」

「それは確かにそうかもしれませんけど」

「とにかく、いまの篠原さんのお話を聞いて、ますますその感を強くしました」

「そうだったんですか……なんだか、そうおっしゃられると、おかしなことを言うてしまったのやないかって、責任を感じてしまいますけど。だけど浅見さん、そんな昔の事件をどうして追いかけてはるのですか?」

愛子はあらためて、そのことの不思議さに気づいたように、訊《き》いた。

「それは、もちろん前田さんの事件との関連からですよ」

「前田さんの?……」

彼女の頭の中では、十年以上の歳月を飛び越えて結びつくものの姿が、まったく思い浮かばなかったにちがいない。

「それ、どういうことですの?」

「そう訊かれても、僕自身、はっきりとお答えできるような確信はないのです。ただ、漠然と言えることは、なぜ前田さんが殺されなければならなかったのか――つまり、動機を説明する一つの仮説にはなりうるのではないかと思っています」

「えーっ? そしたら、あの十年以上も昔の事件が、前田さんの事件の原因になったいう意味ですか?」

そんなあほな――という形で、篠原愛子は口を丸く開けた。

愛子にそう言われるまでもなく、浅見にしたって、この仮説の正しさなど、まるで自信が持てたものではない。

まして頭の固い警察が何て言うか——それを考えると、気の重いことではあった。

3

浅見が訪ねて行くと、榎坂警部はいきなり、できあがったばかりのモンタージュ写真を見せて、ご機嫌であった。

「駅員さん本人が、かなり似ていると言っておるのですよ」

モンタージュの顔は、松木則男と同じ三十歳前後の感じである。眉毛が太いのと、少しエラが張ったような骨格は、意志が強く強情そうだ。髪は短めで、パンチパーマまではいかないけれど、多少ウェーブがかかったようなヘアスタイルであった。

「なんだか、ずいぶん悪そうな感じがしますね」

「そらあんた、殺人犯ですからな」

榎坂は当然のように言ったが、そういう先入観が駅員になかったかどうか、いささか気掛かりなことではあった。先入観があれば、記憶にある男の顔は多少なりともデフォルメされるかもしれない。

「松木氏の自宅にあったアルバムにも、その男の写真はなかったのでしたね」

浅見は訊いた。

「ああ、ありませんでした」

「それは最近四年間ぐらいのものとお聞きしましたが、それ以前——たとえば十年以上も前のものなんかはどうなのでしょう？」

「十年以上？……というと、松木がまだ学生のころですか？　いや、それは見てないですな。ちょっと待ってくださいよ」

榎坂は部屋の隅のほうで、報告書か何かを書いている若い刑事を呼んで、「松木のところから写真を持ってきたのは彼です。訊いてみてください」と言った。

刑事は「何でしょうか？」と、警部と浅見の双方に、首を伸ばすようにした。

「松木さんのところから持ち帰ったのは、最近の写真ばかりだったそうですが」

「はあ、明石原人研究会に関するものをという警部のご指示でしたので、松木の奥さんにそう言いました」

「じゃあ、それ以外の昔の写真は置いてきたのでしょうか？」

「いいえ、置いてきたというわけではありません。奥さんが出してくれた写真は、一応全部持ってきましたが、その中に入っていたのが、結果的にここ数年のものばかりだったということです。何か問題ありますか？」

刑事は自分のミスを指摘されたと思ったらしく、少し反発するような口調であった。

「いえ、そういうわけではありませんが、一応、念のために、昔の写真も調べてみたほうがいいかもしれないと思ったものですから」

「しかし、明石原人研究会の関係やったら、昔の写真を見たってしようがないのとちがいますか？」

「はあ、おっしゃるとおりですが、ひょっとすると、昔の写真そのものがないのではないかという気もするのです。いちど、あるかないか、確かめてみてはいかがでしょう？」

「そんなもん、あるに決まっているのとちがいますか？」

「はあ、たぶんそうだと思いますが、あくまでも念のために」

浅見はひたすら低姿勢で、進言した。刑事は不承不承、受話器を握って、メモの番号に電話した。相手が出て、ひと言ふた言話してすぐに電話を切った。

「ちょっといまは具合が悪いですね。これから葬儀が始まるところでした」

「葬儀……」

浅見は時計を見て、立ち上がった。

「それじゃ、これから明石へ行ってみます」

「行くって、松木の家にですか?」

榎坂警部が言った。

「それやったら、浅見さんが行かんでも、捜査員が何人か行ってますよ。参会者をとっつかまえて事情聴取をするのが目的ですが、写真ぐらいやったら、誰かに言うて持って帰らせますが」

「いや、僕もちょっと葬儀を見てみたいですから」

「しかし、それ、ちょっとばっかしまずいですなあ。いや、見るだけなら構わんが、素人さんが捜査に参加するようなことはまずいです。ややこしい問題になりますのでね」

「問題になるようなことはしません」

「いや、そう言いますがね……」

榎坂は浅見のことをまるっきり信用していない。

「とにかく、僕は行きます」

浅見が榎坂の制止を振り切ろうとした時、ドアが開いて川上部長刑事が入ってきた。

榎坂は救われたように「川上君」と叫んだ。

「きみ、浅見さんと一緒に明石へ行ってくれんか。いいですな浅見さん。無茶せんといてくださいよ」

「承知しました」

後ろに投げ捨てるように言って、浅見は廊下に出た。川上は事情が分からないまま、とにかく浅見に遅れまいと大股《おおまた》に歩きだした。浅見が玄関へ向かおうとすると、「浅見さん、裏ですよ」と呼び止めて、駐車場のほうに手招きした。

「何かあったのですか？」

車を走らせてから、川上は訊いた。

「松木氏の葬儀をやっているところだそうですから、彼の仲間に当たってみようと思ってます」

「それやったら、うちの捜査員が何人か行っておりますよ」

「そうだそうですが、僕は刑事さんたちと違うことを聞きたいのです」

「ふーん、違うことというと、何ですか？」

「彼の若いころの話です」

「若いころ？……若いころに何ぞあったいうことですか？」

「分かりませんが、少なくともここ数年間の写真の中に、松木氏の仲間が写っていないのですから、ことによると、昔の仲間だったのではないかと思ったのです」

「昔の仲間？……」

「松木夫人が刑事さんに渡した写真は、ほんのここ数年のものだったそうです」

「それはあれでしょう。明石原人研究会に関係するもの言うたからでしょう」

「しかし、松木夫人は明石原人研究会のことなんか、まったく何も知らないのです。知らないのに、それだけをより分けて出せるはずがありません。おそらく、そこにあったものを全部持ってきたのだと思います」

「まさか……」

川上は呆れた声を出した。

「なんぼなんでも、子供のころからずっと、写真がなかったいうことはあり得ないでしょうが」

「もちろん、子供のころのものはあるかもしれません。しかし、おとなになってから——たとえば十八か十九歳ぐらいから数年前までの写真が欠落しているのではないかと思うのです」

「ほんまですかァ？……なんぼなんでも、そんなことがあるのかなあ？……」

ハンドルを握りながら、川上はしきりに首をひねった。

「二十歳前後いうたら、いちばん楽しい時期とちがいますか？　その間に一枚も写真を撮ってへんなんて、ちょっと考えられませんがなあ」

「いえ、写真はたくさん撮ったでしょう。しかし、その写真を捨ててしまったのですよ、きっと」

「捨てた……なんでです？」

「いずれにしても、確認してみてからのことです。それから考えましょう」

浅見はそう言って目を閉じた。浅見だって百パーセント自信があるわけでもないのだ。それに少し話し疲れてもいた。

松木家に着いた時には、すでに参会者の焼香が終わり、間もなく出棺というところであった。松木夫人は喪服姿で夫の遺影を抱いて玄関を出ようとしていた。

川上は未亡人のそばに行って、耳元で囁《ささや》くように話しかけ、「古い写真」の有無を訊《き》いている。未亡人はけだるい仕種《しぐさ》でゆっくりと首を横に振った。川上は驚いた表情をこっちに向けて、足早に戻ってきた。

「驚きましたねえ……」

川上は少し気味悪そうな目をして言った。

「浅見さんが言われたとおり、刑事に渡したのが全部で、古い昔の写真――とくに学生時代のころのものは、まるっきりないのだそうですよ」

「やはりそうでしたか」

浅見はべつに得意そうな様子を見せるでもなく、頷《うなず》いた。

「どういうことなのです？　これは……」

川上はほとんど不快としか聞き取れないような、苦々しい口調で言った。警察が素人に出し抜かれる感じが、たまらなく屈辱的なのだろう。

「浅見さんがこんなことを知っているというのには、それなりに理由があるからだと思いますがねえ」

「いえ、知っていたわけではありません。推測しただけです」

「推測にしたって……つまり、さっき言うてはったように、その間の写真を捨てたいうことでっか？　なぜそんなことがあったのか、それかて謎でしかありませんがなあ」

出棺の時がきて、親戚《しんせき》代表らしい男が挨拶《あいさつ》をして、霊柩《れいきゅう》車《しゃ》が動きだした。参会者が引き上げ、葬儀社の後片付けが始まる。祭りの後よりも、もっと虚《むな》しく儚《はかな》い空気が四辺に漂っていた。

浅見も顔を知っている刑事が近づいてきて、川上に「あかんですな」と言った。参会者に対する事情聴取では、何も収穫がなかったということだ。

浅見と川上は車に戻った。

「さっきの話のつづきですが、写真を捨てた理由。それはどういうことです？」

川上はエンジンもかけずに、訊いた。

「たぶん、松木氏の一生の中で、十年かあるいはそれより少し前の時代は、彼にとって消してしまいたいような苦渋に満ちた時代だったのだと思います。つまり、記憶の再生につながるような写真を全部捨ててしまいたいほどに、です」

「そんな昔に、いったい彼に何があったというのですか？」

「それを解く鍵《かぎ》を探してみましょう」

浅見は車の外に出た。川上も戸惑いながら車を降りた。

「どこへ行くのです？」

「松木氏に関する近所の評判を聞いてみたいのです」

「それやったらわれわれがすでに聞き込み捜査をやりましたがな。誰に訊いたかて、松木には、べつに他人に恨まれるようなところはないいう話でした。それどころか、おとなしくて、いい人だというのが定説です」

「それは最近の彼についてでしょう。十代のころはどうだったのか、その話は聞きましたか？」

「いや、そんな十代のころのことは……」

川上は反論を諦《あきら》めたように肩をすくめ、浅見の後ろからついてきた。

松木不動産から少し裏のほうに入ったところに、松木の生まれ育った家があり、現在は兄夫婦の家族が住んでいる。聞き込み捜査はその周辺の民家を軒並み行っていた。その中から松木のハイティーン時代を知っている家を数軒選んで、訪ねた。

予想どおりというべきか、驚くべきというのか、松木則男の過去については、誰もが一様に語りたがらなかった。死んだ者に対していまさら——という遠慮が働いている。

しかし、重ねて何度も質問すると、これまた一様に評判が悪かった。「ほんのいっときでしたけどなあ」と、注釈づきながら、松木には親も学校も手を焼いた時期があったというのである。

「ほんまは、あの子はおとなしい、どっちか言うたら気の弱い子ォやったのですけど、高校の時の友達がものすごいワルでしたわなあ。たぶん、なかば脅されて付き合《お》うとったのとちがいますやろか。高校三年のころからはほんま、手のつけられんようになってしもて、結局、上の学校へも行かへん、決まった勤めにも行かへんで、暴力団に入ったいう噂もあったのです」

そのワルぶりは、十八歳から二十歳にかけてがピークだったという。

「こんなんやったら、先行きどないになるかしら。警察の厄介になったりせえへんやろか——思うとったのですけど、ようしたもんやねえ。成人してしばらく経ったとたん、ピタッと人が変わってしもうて、それから勤めをしながら専門学校へ行って、だんだん不動産の資格を取って、五年ばかし前にあそこの店を出して、奥さんをもらいはったのです。そやから、もう昔のワルのことを言うもんは誰もおらんし、ほんま思い出すのさえ気の毒ですわなあ」

これが、あちこちで話を聞いて回った結果の、松木則男評の集大成といっていい。

「まったく浅見さんの言われたとおりでしたなあ。いやあ、驚きました」

川上は疲れがどっと出たように、運転席に座り込んで、ため息をついた。

4

それから二人の「捜査官」は松木が卒業した高校を訪ねた。すでに授業を終えた時刻で、日が陰った校庭ではサッカーと野球の練習が行われ、体育館ではバレーボールらしい女生徒の甲高い声がこだましている。

当時、松木のクラス担任だった教師が、現在は学務主任を務めていた。すでに松木が殺された事件のことは知っていて、刑事の訪問はある程度、予想していたようだ。

高校三年のときのワル仲間のことも憶《おぼ》えていた。

「数人のグループがおって、その中には確かに悪いやつがおりましたよ。松木君自身はおとなしい子だったのですが、強く言われると逆らえんところがあって、そこに付け込まれたと言っていいでしょうな。卒業後、何年か経って聞いた話では、すっかり真面目になったいうことだったのですがねえ」

そのワル仲間は複数のクラスに分散していたらしい。彼らの写真は、クラス全員で撮った、ごく小さなものしかなかった。駅員に見せて人相を識別できるかどうか、かなり疑問だ。だいたい十年も経てば、人間の顔もずいぶん変わるものである。

二人はひとまず、ワルどもの名前と住所を聞いて引き上げた。

秋の日はどんどん暮れて、高校の門を出るころには夕もやが漂っていた。

「どうします、帰りますか?」

川上は言った。

「いいえ、連中を訪ねてみましょう」

「これからですか？　訪ねるいうても、ずいぶんあっちゃこっちゃ、とびとびですよ。第一、高校時代の住所地ですからねえ、現在も住んでいるとはかぎらんのです。それより、浅見さんもお疲れでしょう。明日にしませんか」

「大丈夫です。それに、あと二日しかないですから」

「二日？　何がです？」

「あ、いえ、なんでもありません。とにかく行きましょう。もし川上さんが具合が悪いのでしたら、僕一人で行きます」

浅見がシートベルトをはずしかけると、川上は大声で、「行きますがな」と悲鳴のように怒鳴った。

まず訪ねたのは明石市内の住所の三人だった。最初と二番目の二人は、川上が危惧《きぐ》したとおり、すでにその住所には住んでいなかった。三番目にようやく尋ね当てた相手は吉村春夫《よしむらはるお》といい、なんのことはない、今日の松木の葬儀に出席していて、ついさっき帰ってきたばかりだという。ネクタイをはずした黒っぽい背広から、ほんのりと線香の匂いが流れ出ていた。

「ずっと付き合ってないけど、松木が死んだいうの聞いて、それで、せめて葬式ぐらい出よう思って」

吉村は暗い顔をうつむけがちにしながら、ボソボソと話した。現在は市内のスーパーに勤めているそうだ。あまり大きな家ではないが、母親と妻と生まれて間のない息子が一緒に住んでいる。しかし、母親も妻もお茶を出すどころか、顔も出さなかった。

「ちょっと女房は具合が悪いもんで」

吉村は言い訳がましく言ったが、そう言う彼自身、どこか具合でも悪いのではないかと思えるほど、ほっそりした体型をして、顔色も悪かった。少なくとも、駅員が描いたモンタージュとは似ても似つかない人相であることだけは確かだ。

「昔の、ぐれておったころの写真はないですかね？」

川上が露骨な言い方で訊《き》くと、吉村は不快な顔もせず、少しならあると言って、埃《ほこり》だらけの箱に詰め込んだ写真を持ってきた。

「あんまり自慢できるもんやないので、いつか捨てよう、思っているのです」

チンピラやくざのような恰好《かっこう》をした写真を、吉村は恥ずかしそうに出して、テーブルの上に並べた。吉村一人だけの写真もあるが、吉村以外のメンバーと一緒に写っている写真がほとんどであった。

バイクに跨《また》がった写真や、「シャコタン」と呼ぶ改造車から身を乗り出した写真などもある。黄色い髪、剃《そ》りこみ——と、典型的な不良グループである。

男が多いが、少女も何人かいる。ソバージュの髪を真っ赤に染め、人を食ったような口紅とアイシャドウが共通していた。

「ここにあるのは、みんな高校の時のもんですか？」

川上が訊いた。

「いや、卒業してから一年か二年ぐらいまで入っとる思いますよ」

写真には死んだ松木のまだ幼さの残る顔もあった。仲間の中では比較的、真面目そうな恰好をしている。無理やり引っ張られて参加していたのでは——という、近所の評判は当たっていたのだろう。

「これ、似ていませんか？」

川上が中の一人の顔を指さした。眉毛《まゆげ》は剃り込んでいるのでなんとも言えないが、顎《あご》の張った頑丈そうな青年だ。

浅見もひと目見て、確かに似ていると思った。

吉村が写真を覗《のぞ》き込んで、「岡地《おかじ》やな」と言った。岡地仁《ひとし》がその男の名前だった。

「この岡地がどうかしたのですか？」

「ん？　ああ、いや、べつに何でもないですよ」

川上はとぼけて、「この写真、お借りしてもええですか？」と言った。一応言ってみただけで、断られたって持って帰るつもりなのだが、吉村は「どうぞみんな持って行ってもいいです」と言った。

「岡地さんはお葬式には見えたのですか？」

浅見は訊いた。

「いや、来てなかったです」

「どうなのでしょう、松木さんと岡地さんは、昔はいちばん親しくしていた同士じゃなかったのですか？」

「さあ、どうすかねえ。親しくしとったいうても、あの仲間はほんまに団結しとったのか言われると、はたしてどうやったのか……まあ、言うたら、たがいに恐ろしゅうて、足抜けがでけんかったというところもあったのとちがいますか。とくに松木は気の小さいやつやったし」

「最後はどうして解散したのです？」

「どうしてやったかなあ……はっきり憶えておらんけど、ちゃんとした解散式みたいのはなかったから、なんとなく集まらんようになっていったのとちがいますか。それぞれ仕事もできて、いつまでもバカやってられへんいうことやったと思いますよ。それに、家も引っ越したりしたたし」

「えーと、岡地さんの住所は加古川市でしたかね」

「いや、それは学生時代のでしょう。いまはみんな住所が変わってしもうてから、同じところに住んどるんは、私ぐらいなもんやないかな」

「岡地さんの現住所は分かりませんか？」

「確か塩屋とちがったかな……けど、岡地がどないかしたのですか？」

「いや、べつに何でもありません。で、塩屋のどこか分かりませんか？」

川上は誤魔化したが、吉村は明らかに警戒している。

「塩屋の……ちょっと待っとってください。どこかに書いてあるかもしれんので……」

吉村は席を立って行って、だいぶ長いことかかって、「やっぱし分かりませんでした」と戻ってきた。

「確か、年賀状をもらって、塩屋いうことだけは記憶しとるのですが、もうちょっと探してみましょうか？」

「いやいいでしょう、あとは警察で調べます。ところで、いま岡地さん、仕事は何をしているのですかね？」

「さあ、よう知りませんけど、ふつうの会社員とちがいますか。とにかく、もう何年も会《お》うとらんのです」

「それでは」と浅見と川上は腰を上げた。

帰りがけに、ふと気がつくと、居間のドアの隙間から女の横顔が覗いていた。病的な青白い顔で、やけに大きな目がジロリとこっちを睨《にら》んだ。

吉村の家を出て車に戻ると、浅見は川上に吉村に電話してみるように勧めた。川上は言われるまま、携帯電話で吉村の電話番号をプッシュした。

「話し中ですな」

「やっぱり」

「やっぱりって……あっ、そうか。そしたら、あの野郎、岡地のところへ連絡しとるいうわけですか」

そうと決まったわけのものではないにも拘《かか》わらず、川上はいまいましそうに言った。

しかし、何はともあれ駅員に写真を見せることが先決だ。電話で須磨浦公園駅に連絡すると、駅員は勤務は終えたが、待機しているという。川上は海岸通りを明らかにスピード違反でぶっ飛ばした。

駅員は写真を見て、困惑した。

「ずいぶん昔の写真ですね」

「それはそうですが、しかし、あなたに作ってもろたモンタージュからいうて、この男やないかと思ったのだが、違いますか？」

「まあ、似てないこともないですが……」

その岡地という男の顔が写っている写真は四枚ある。駅員は何度も繰り返して写真を眺めて、「やっぱり、しいて言えばこの人ですかなあ」と言った。

浅見はサインペンで岡地の写真に眉毛を描き込んだ。

「ああ、そうすると似てきますねえ。もうちょっと肥らせて、額の剃り込みをやめれば、そっくりかもしれません」

浅見が駅員の言うとおりに額の生え際を塗りつぶすと、駅員は「間違いないです」と感動的な声を出した。

それから浅見と川上は垂水署へ向かった。塩屋だけでも分かっていれば、「岡地」という名前は比較的めずらしいから、なんとか突き止められるかもしれない。

塩屋は垂水区の南東の町名である。山陽電車には「山陽塩屋」、ＪＲには「塩屋」という駅名がある。

忠臣蔵《ちゅうしんぐら》などで赤穂《あこう》の塩田は有名だが、古くから塩田業が盛んだった兵庫県には「塩屋」という地名は多い。赤穂市、洲本《すもと》市、神戸市兵庫区、三原《みはら》郡南淡《なんだん》町（現在の南あわじ市）などにあるが、一般的にこの付近の人が「塩屋」と言うと、神戸市垂水区の塩屋を指すことになる。

垂水区の塩屋は、須磨の塩をここで焼いたため「須磨の塩屋」と呼ばれたのが地名の由来である。ちなみに、万葉集の「石激《いわば》しる垂水の上の早《さ》わらびの萌《も》えいづる春になりにけるかも」の「垂水」はここを詠《うた》ったものだとする説があるそうだ。

垂水署で調べてもらうと、岡地仁の家はすぐに分かった。塩屋北町《しおやきたまち》——比較的最近になって、住宅団地としてひらけた土地であった。ついでに電話番号も調べてもらって電話してみたが、不在らしい。

「しようがないですな。明日出直しますか」

川上は疲れた顔で、哀願するような口調で言った。考えてみれば、晩飯も食わないで走り回っていたのだ。

浅見もさすがに疲れた。吉村がどこかに電話していたことを思い合わせると、岡地が不在なのは少し気掛かりだったが、諦《あきら》めるほかはない。

翌朝七時、浅見は塩屋の駅で川上と落ち合った。寝起きの悪い浅見としては、信じられないような早起きでやって来たのだが、駅前には川上の車が待機していた。

塩屋は三宮の北野町《きたのちょう》ほどではないが、異人館の多い街として、若い女性などの観光客に人気がある。高台の塩屋ジェームス山は、その名のとおり、昭和三年にジェームスという人物が外国人専用の住宅地として分譲したところだ。

北野町と違って、塩屋の異人館は現在も実際に使われていて、外国人もたくさん住んでいるので、観光名所になるのは痛し痒《かゆ》しの面もあるのだそうだ。しかし、山陽塩屋駅から「山麓《さんろく》リボンの道」などという散歩道まで整備され、どの観光ガイドブックにも紹介されているから、これからも観光客の訪れは増えそうな雰囲気である。

岡地の住む塩屋北町は駅から川沿いの道を遡《さかのぼ》るようにして、ほんの数分のところだった。新しい町づくりが進められているだけに、環境整備も完璧《かんぺき》で、小さな面積の町に七ヵ所もの公園緑地があり、建物も十分な余地をもって並んでいる。

岡地の住まいは町の最東端に近い四階建てのマンションの三階であった。

川上と浅見は連れ立って岡地の部屋を訪れた。

303号室のドアの上に「岡地仁・恵美《えみ》」と書いた表札が出ている。まだ新しく、新婚生活を思わせるように、表面がつややかに光っている。

ドアチャイムを鳴らすと、しばらくして女性が現れた。ドアチェーンをしたまま、

「はい?」と小首を傾げた。

川上は「警察の者ですが」と型通りに手帳を示した。女性は脅えた顔をして、慌て

てチェーンをはずした。川上は狭い玄関に入り、浅見は半開きのドアの外に佇《たたず》んだ。

「失礼ですが、岡地さんの奥さんですね？」

「はい、そうですけど」

岡地夫人は二十五、六歳だろうか。朝早い時間なので、化粧っ気はないが、目鼻立ちのはっきりした、かわいい女性である。

「ご主人はおいでですか？」

「いえ、主人は留守ですけど」

「どちらへ行かれました？」

「それが、昨夜、勤めから戻って食事をしてから少しして、どこからか電話があって、外出したきりなんですけど……」

「ん？　すると、昨夜は奥さんはずっと家にいたのですか？　われわれが電話しても、誰も出なかったですが」

「ああ、それは主人が、電話が鳴っても出るな、言うたものですから……あの、主人に何かあったのでしょうか？」

夫人の目はいっぱいに見開かれ、彼女の不安がその眸《ひとみ》からほとばしり出そうだ。浅見は夫人の様子を見るに忍びなくて、ドアに背を向け、風景を眺めることにした。

「いや、ご主人にちょっとお訊《き》きしたいことがあったのですが……」

　川上はしばらく考えてから、「そうしますと、どちらへ行かれたか、行く先も分からないわけですね？」

「ええ、でも、たぶん仕事のほうに行くとは思いますけど」

「お勤めはどちらですか？」

「勤めっていうか、仕事は土木関係の現場監督みたいなことをやっていて、作業所に勤務しているんです。いまは西区のほうに行ってますけど」

　神戸市西区は、その名のとおり神戸の西端地域で、垂水区の隣だ。

「西区のどこです？」

「白水《しらみず》いうところです。団地の造成工事に携わっているとか聞きました」

　川上は工事の施工会社の名前などを訊いている。

　浅見は風景を眺めながら、岡地夫人の言った「白水」という地名に記憶があるのを、ぼんやりと感じていた。

（あ、そうか――）

　すぐに思い出した。前田淳子の取材日誌のようなノートに書かれているのを読んだ記憶だった。明石原人研究会の連中が「白水・瓢塚《ひょうづか》古墳」を探訪した時に、淳子も飛び入りしたと書いてあった。

そのことに何か重大な意味があるような予感が漠然として、次の瞬間、浅見は「あっ」と思い当たった。

前田淳子が崎上由香里に話したという、二人の男が言い争った「取材先」とは、白水古墳だったのだ。松木の相手が明石原人研究会のメンバーでなく、じつは、たまま現地で出会った昔の仲間——岡地だったにちがいない。

「十月三十日ですが、ご主人はどうしてましたか？」

川上は核心に触れる質問をしている。

「どうしてた言うて……十月三十日は金曜日ですね。天気はよかったし……べつに何も、主人は仕事に行って、ふつうに帰ってきましたけど？」

「ご主人の最近の写真があったらお借りしたいのですがね」

「はあ……」

夫人はますます不安そうな声になって、しばらく奥へ引っ込んで、数葉の写真を持ってきた。

川上は礼を言って、ドアの外に出た。

「昨日のあの吉村の野郎、やっぱし電話をかけおったのですな」

廊下を階段の方角に歩きながら、川上はいまいましそうに言った。

「どうです、この写真、あのモンタージュにそっくりやないですか」

確かに、顎《あご》が張った骨格や太い眉毛《まゆげ》、癖っ毛など、駅員の描いたイメージにはぴったり合っている感じだ。

「血液型はどうでしたか？」

「あ、いけね……」

川上は慌てて引き返して、チャイムボタンをたてつづけに押した。ドアは細めに開けられ、中の夫人と話していたが、不満そうに頰をふくらませて戻ってきた。

「O型だって言うてますがね、まあ、ほんまのところは調べてみな分からんでしょう」

負け惜しみのように言って、「浅見さんはちょっと待っとってください。隣近所の評判を聞いて回りますので」と四階へ通じる階段を駆け上がって行った。

川上が隣近所で話を聞いているあいだ、浅見は三階から四階へ通じる階段の踊り場から、ぼんやりと風景を眺めていた。

正面に見える山は、確か鉢伏山か旗振山のはずである。左のほうへ尾根が延び、その先の高いところは鉄拐山だろう。

団地の開発が進んでいるためなのか、旗振山と鉄拐山のあいだ——尾根の七合目辺りまで、崖《がけ》の崩落が及んでいる。まだ上のほうは緑も豊かだが、そのほんのわずか下では白茶けた花崗岩《かこうがん》が剝《む》き出しになって、無残な感じがする。いまは緑の森の中でも、地盤が緩みはじめているのかもしれない。

浅見が前田淳子の死体を発見したのは、そこより少し旗振山寄りの辺りだったはずだ。その辺はまだしも山の緑はしっかりしているけれど、崩落の進行がはげしい辺りは、素人目にも心配なくらいであった。

「あきまへんな」

背後に川上の声がした。

「岡地の家は最近引っ越してきたとかで、近所付き合いみたいなものは、ほとんどしておらんようです。奥さんも無口な性格なのでしょうかなあ。旦那《だんな》が何をしとる人かも、まったく知らんそうですよ」

浅見は川上の報告を聞き流して、「川上さん、ちょっと見てください」と、正面を向いたまま言った。

「あの崖崩れですが、あのまま放置しておいたら、尾根の上の道まで崩れるようなことになりませんかねえ?」

「ああ、ほんま、崩れよりますな。そのうち須磨アルプスみたいなことになるかもしれんですよ。行政当局は気ィつかんのやろか。この辺に住んどったら、毎日気になって仕方ないやろけど」

「そうですよ、気になるはずですよ」

浅見は振り返った。川上はびっくりして身を引いた。

「浅見さんどないしたのです。えらい緊張した顔してはるが」

「岡地氏は毎日あの山を見ていたのです。これは恐ろしい眺めだったにちがいありません」

浅見は、まるで岡地の恐怖が乗り移ったように、声が上擦った。

第五章　崩壊の時

1

須磨浦公園駅の駅員は、川上部長刑事が示した写真をひと目見た瞬間、「あっ、この人です」と言った。

浅見と川上はロープウェイの係員にも、この顔に見覚えがあるかどうかを確かめた。須磨浦公園駅の駅員ほど確かではないが、そういえば見たような気がする――と係員は言った。

「よっしゃ、これならいけまっせ」

川上は勇み立った。

「すぐに捜査会議にかけて、岡地の逮捕状を取ります」

「その前にもう一つ、ちょっと確かめたいことがあります」

浅見は川上を制した。

「何ですか？」

「旗振茶屋のおばあさんに話を聞きたいのです」

「え？　茶屋のおばあさん？」

川上はキョトンとした、少しこどもっぽい顔になった。

「あのばあさんやったら、このあいだ事情聴取しましたよ。黒いジャンパーの二人連れと、それから前田淳子さんが登って行った日には、茶屋には出ておらんかったいうことで、何も分からんそうですが？」

「いえ、そのことではないのです」

浅見はロープウェイの係員におばあさんはもう店に出ているかどうかを訊《き》いた。

「ああ、高山《たかやま》あきさんのことですか。ははは、おばあさんなんて言うたら怒鳴られまっせ。けっこう若い気でいますのでね」

係員は笑った。

「高山さんやったら、今日は出ておりませんよ。夏から九月いっぱいぐらいまでは、ほぼ毎日出とりますけど、いまごろは休日しか出ません。この時季になると、お客さんも少ないですからね」

「それじゃ、お宅のほうへ行きましょう」

浅見は川上を促して、車に戻った。

高山あきの家は、ここから須磨駅のほうへ少し行った、須磨浦通《すまうらどおり》五丁目にある。

須磨浦通は須磨区の国道2号線の南側、須磨浦海岸に面した細長い地域である。阪神間に残された唯一の海水浴場として、夏は大変な人出で賑《にぎ》わう。

須磨浦通には一丁目から六丁目まであるけれど、一丁目と二丁目はほとんどが海岸で、一面の砂浜と海の家や水族館などがぽつんぽつんとある程度。三丁目から六丁目までは砂浜のほかに、国道2号線とＪＲの山陽本線に挟まれた住宅地がある。

六丁目の西には現在、例の須磨区北部からの土砂を運ぶベルトコンベアの積み出し栈橋が設置されている。

高山家はおそろしく古い二階屋だが、高山あきはそれを上回るほどの年齢であった。息子夫婦と同居しているということだが、お茶を運んできたその息子の嫁でさえ、すでに五十歳は超えている感じだ。どこから見ても立派なおばあさんなのだが、体も頭の働きも口のほうも達者らしい。

「ああ、あんた、このあいだの刑事さんやないかね。まだ犯人が捕まらんいうけど、警察は何をモタモタしとるんや」

玄関脇の小部屋に現れた高山あきに、顔を見るなりいやみを言われて、川上は大いに腐っていた。

「高山さんはいつごろから旗振茶屋に出ておられるのですか？」

浅見は訊いた。

「三十三年と六ヵ月と、えーと……十五日、いや十六日やったかな」

浅見の年齢とそっくりだが、そのことよりも記憶力のよさに驚かされた。

「えっ、そんなに細かく、よく憶《おぼ》えていますねえ」

高山あきは入れ歯を気にしながら「ファファ……」と笑った。

「そらあんた、さっき日記を整理しとったからやがな」

「日記をつけているんですか」

「そうや、ほかにすることもないし」

「じゃあ、十一年と二ヵ月前の日記もありますか？」

「はあ？　そら、あることはあるけど、どういうこっちゃね？」

「もしあれば拝見したいのです。十一年前の九月二十二日の日記です」

「そんな、おなごの日記みたいなもん、なんで見たがるねん？」

いやらしい覗《のぞ》き趣味のように言われて、浅見は苦笑した。いくらなんでもばあさんの日記なんか覗きたくはない。

「いえ、見なくても、読んでいただければ結構ですが」

「ふーん……まあ、警察の命令やったらしょうないけどな」

高山あきはしばらく待たせて、日記帳を持ってきた。白い表紙に花の絵が描かれた、なかなかしゃれた日記帳だ。背表紙が少し煤《すす》けているけれど、きれいに保存されていた。

「九月二十二日かい。そうや、この日は河原崎《かわらざき》長十郎《ちょうじゅうろう》はんが死にはったんや。あんた知ってはるか?」

「知ってますよ。前進座の座長さんだった人でしょう」

浅見は根気よく、ばあさんの寄り道に付き合った。

「そやそや、よう知ってはるな。ええ役者さんやったけどなあ……えーと二十二日はお客さんは少なかったなあ。火曜日やから仕方ないけど、コーラが九本とつまみが四つと、へてから、夕方時分、コンロを使わせてくれ言うてきたお客さんがあったんやな」

「コンロですか?」

「ああ、ここにそう書いてある。キャンプか何かしとって、石油コンロで湯を沸かしたいいうことやったと思うけど、そういえば、そんなようなことがあったわねえ」

高山あきは懐かしそうな目をした。

「旗振山でキャンプなんかする人がいるのですか？」

「そら、いてますがな。旗振山とか鉄拐山とか、神戸の夜景を見ながらキャンプするのもええもんとちがいますか」

「やっぱり若い人たちでしょうね」

「そやな、たいてい若い男の子やな」

「こういう感じの人たちですか？」

浅見は松木則男や岡地仁たちの青年時代の写真を差し出した。

「そうやね、こんなんもおったわね」

「その日、コンロを借りにきた人たちは、この人たちだったでしょう？」

「さあなあ……」と、高山あきは写真にくっつくほど目を寄せて、「あほらし、そんなん、分かりますかいな」とメガネをはずした。

「しかし、その人たちは高山さんのことを、よく憶えていますよ」

「ふーん、ほんまかね？　そら嬉《うれ》しいけど、まあ、あそこの茶屋におるのは、三十三年間わたし一人きりやさかいにな。けど、わたしのほうは、とても憶えきれんで。あんた、お知り合いやったら、申し訳ないけど、よろしゅう言うてくださいや」

「分かりました、そう伝えます」

浅見はお辞儀をして、「どうもありがとうございました」と立ち上がりかけ、それから思い出したように言った。

「あ、そうそう、その次の日に何があったか、教えてくれませんか」

「その次の日かね……ああ、この日は秋分の日やったけども、お休みしとるわ。雨ふりやったのかな。買い物に行ったほかは、一日中テレビ見とった。ふーん、こども病院のところで、娘さんが誘拐されたんがこの日やったんやね」

「いや、それはニュースや新聞で見たのでしょう？　ですから、事件は前の日の晩に起こっていたのですよ」

「あ、そういえばそうやな……」

感心している高山あきに、浅見は「お邪魔しました」と、もう一度お辞儀をして高山家を辞去した。

浅見がばあさんと話しているあいだ、川上部長刑事はほとんど沈黙を守っていた。その反動がきたように、車に乗ったとたん、「どういうことです？」と質問した。興奮のあまり、声が震えている。

「いまおばあさんから聞いたとおり、女性誘拐事件があった日、松木と岡地が鉄拐山辺りでキャンプをしていたということですよ」

「うーん……つまり、彼らが誘拐事件に関与しとったいう意味ですか？」

「まず間違いないと思います」

浅見は神戸女子大で篠原愛子に話したことを、あらためて川上に説明した。現場から走り去った車が、すぐそばの高倉山の反対側に舞い戻って、犯人は女性を拉致《らち》して鉄拐山へ登った——という仮説に、川上はまた「うーん」とうなり声を発した。

「もしそれが事実やったら、これはえらいことですよ。とにかく、その話、榎坂警部にもしてやってくれませんか」

川上は慌てた手つきでキーを回し、エンジンをかけた。

2

翌朝の捜査会議にも浅見は榎坂警部の要請で出席した。「浅見さん自身の口から、みんなに説明してもらったほうが、説得力があるでしょう」ということであった。

「この事件でもっとも謎だったのは、動機です」

浅見はまずそのことから言った。

「前田淳子さん殺害の目的が何なのか、それがどうしても分からなかったのです。前田さんは明石原人研究会で顔見知りの松木則男ともう一人、岡地仁という男を追いかけて鉢伏山に登っていることが、昨日までの調べで、ほぼ間違いないと判明しました。常識的に考えれば、彼らが前田さん殺害の犯人であると思われるのですが、しかし、いったい動機は何なのか、それがまったく説明つきませんでした。

警察の調べでも、状況から見て、盗みや暴行目的の犯行とは思えないということのようで、行きずりの犯行、あるいは通り魔的な犯行ではないかというセンも出ていたようです。松木と岡地の存在を突き止めた後でも、なお動機についてだけは、似たような考えしかできなかったのです。

ところが、たまたま僕は、十一年前の九月に起こった、女性誘拐事件が、いまだに解決されないままになっていることを知りました。そこで、一つの仮説を立ててみたのです」

浅見は神戸女子大の前で起きた誘拐事件についての私見を、また開陳した。

「その誘拐事件の際、犯人の乗った車が猛スピードで現場を走り去ったという情報が先入観を与えたために、警察は現場からはるかに離れた地点で非常線を張りました。ところが犯人はついにその網に引っ掛からなかった。警察は、犯人たちはすでに非常線を張る以前に、その先へ逃げたものと断定、結局、捜査は迷宮入りをしたのです。

しかし、実際は犯人たちは高倉山の北側登山口付近に車を置いて、高倉山から鉄拐山へと女性を拉致して行ったのではないか――それが僕の第一の仮説でした。これについては、もちろん異論やご意見もあると思いますが、ひとまず、この仮説を事実と仮定した上で話を進めさせてください。

誘拐がこんなふうにたやすく成功したとなると、犯人たちは警察の捜査が見当外れな方向へ向けられたことをあざ笑っていたにちがいありません。

ただし、女性を殺害したのが、犯人たちの予定にあったかどうかは分かりません。むしろ、拉致した時点では、よもや殺人まで犯す羽目になるとは考えていない、まったくの無分別な暴走だったと思います。

だとすると、女性を殺害した罪の意識は、時間が経つとともに薄れるどころか、成人して社会人としての生活が始まるとともに、だんだん重くのしかかっていくはずです。いくら若気のいたりとはいえ、人ひとりを殺した恐怖感はなかなか消えることはなかったでしょう。

彼らのグループが、事件後間もなく解散したのも、その恐怖が原因ではなかったかと思います。

しかし、そうは言っても、十年の歳月が流れれば、いまわしい記憶も罪の意識も薄れていったにちがいありません。松木も岡地も、それぞれ結婚して、ごくふつうの平凡な市民生活を送るようになっていました。

ところが、事件の影は歳月を超えて、彼らの上に覆いかぶさってきたのです」

浅見はそこで言葉を切って、捜査員たちの頭の中で、これまでの、いわばストーリーの前段ともいうべき話が咀嚼《そしゃく》されるのを、しばらく待った。

「新婚ほやほやの岡地仁は、垂水区塩屋北町に引っ越しました。新しいマンションでの新生活が始まって間もなく、岡地はマンションの正面にある鉄拐山北側斜面の崩壊に気づきました。そして、そこが十一年前、誘拐し殺害した女性の死体を埋めた森の直下であることに思い当たったのです。

その時の岡地の恐怖は察するにあまりあるものがあります。このまま崩壊が進めば、いずれ斜面の土砂が流され、尾根近くの森に埋めた死体が露出する――そう思った岡地は、いてもたってもいられなかったにちがいありません」

「ちょっと待ってください」と、榎坂警部が疑問を投げかけた。

「かりに死体が出たとしてですよ。そして身元が判明したとしても、それだけでは、もはや犯人を特定できる材料になるとは思えませんがね」

「おっしゃるとおりです。冷静に考えればあるいはそうかもしれません。しかし彼らはそうは思わなかったのではないでしょうか。崖《がけ》の崩壊を毎日見ている岡地はもちろん、岡地から話を聞いた松木のほうもそうです。

むしろ松木の場合は、西八木海岸の崖から明石原人の骨が崩れ出たことなどを連想して、絶望的な恐怖を抱いたはずです。何しろ、何万年も昔の骨でさえ、明石原人と特定されるのですから、たかだか十年ばかり昔なんか、ほんの瞬《まばた》きする程度の時間にしか思えなかったでしょう」

浅見は半分はジョークのつもりで言ったのだが、居並ぶ捜査員は誰一人として笑わなかった。

「それと、現実に彼らは、誘拐の当日、旗振茶屋の高山あきさんに、しっかり目撃されていることを忘れていないのです」

浅見は言葉を切って、捜査員たちの意識が犯人たちのレベルに達するのを待ってから、言った。

「十年の歳月が流れ、ようやく事件のほとぼりも冷めたかと思った矢先、自分の新居のすぐ目の前にある埋葬場所が崩れはじめた。もしそこから白骨が出て、十一年前の事件の被害者であることが分かれば、当時、あの山の上でキャンプをしていた彼らが、まず疑われることになる。時効まであと四年。しかし、崖の崩壊はいつ起こるかしれない。どうすればいいのか――。

方法は二つでした。一つは遺体を掘り出して、別の場所に埋め直すこと。もう一つは、唯一の目撃者である高山あきさんを殺害することです」

その時、捜査員たちのあいだにどよめきに近いものが起きた。浅見という、東京から来たという、一見頼りない感じの男が、いとも平静に「老婆殺し」を口にするのが、少し不気味に思えたのかもしれない。

「そのどちらを選ぶべきかで、彼らは揉《も》めたと思われるフシがあります。明石原人研究会が白水・瓢塚古墳を訪れた日、たまたま現地で団地の開発工事に従事していた岡地と松木が顔を合わせ、口論しているのを、前田淳子さんが目撃しました。

その時は前田さんは、彼らが何で揉めているのかは分からなかった。骨がどうとかいうことは聞こえたが、それは古墳の発掘に関する話だと思ったのです。ただ、その二人のやり取りは、おそらく相当切迫したものだったにちがいありません。たがいに相手のドジを罵《ののし》りあうとか、バレたらどうするとか、骨のある場所がどうのとか……

とにかく、ただごととは思えない会話だったはずです。

結果的には彼らは高山あきさんを殺さなかった。このことに僕は救いを感じるのですが、それはいささかセンチメンタルにすぎるのでしょう。高山さんを殺すのは、また新たな罪の意識と警察に追われる恐怖を生み出します。彼らには、それに耐える自信がなかったというだけかもしれませんからね。

そして問題の十月三十日――その口論の当事者二人が須磨浦公園駅のロープウェイ乗り場にいた。一見、仲むつまじくハイキングにでも行くように見えるけれど、前田さんはなんとなく胡散臭《うさんくさ》いものを感じたのでしょう。そして、会社へ向かう電車から降りて、須磨浦公園駅に引き返したのです。

前田さんがなぜそういう行動をとったのかは、いまとなっては何を言っても想像の域を出ません。彼らの会話から、古墳か何かの史跡の発掘や盗掘を連想したのか。それともズバリ、何かの犯罪性を感じとったのか――いずれにしても、新聞社の一年生であった彼女が、スクープを狙う功名心に駆り立てられたことは、十分考えられます。

その後のことは、前田さんにとってはもちろん、犯人二人にとっても不運としか言いようがありません。

二人が森の中に入り込んで何かを掘り出そうとしているところを前田さんが目撃し

て、『何をしているの?』と声をかけた。二人の犯罪者にとっては、これはもう、茶屋の高山あきさんに目撃されたどころの比ではない、最悪の事態です。犯人たちにとって、もはや前田さんを殺す以外に、選択の余地はなかったと言うしかないのでしょう」

浅見は無意識のうちに、犯人たちにも同情する言い方をしていた。彼らが前田淳子を殺した動機は、恐怖からの脱出が目的なのだ。十年以上も罪悪感と恐怖に追われつづけてきて、またさらに大きな恐怖を負わなければならなくなった愚かさを、浅見はとても笑う気にはなれなかった。

3

その日のうちに、須磨警察署の旗振山殺人事件捜査本部は、岡地仁を、前田淳子殺害事件および、松木則男殺害事件の重要参考人として指名手配することになった。

それと同時に、百名近い捜査員を動員して、鉄拐山付近の北側斜面一帯の捜索にかかった。浅見の指示に従って、前田淳子の死体が遺棄されていた場所から、百メートルほど鉄拐山寄りの地点と鉄拐山のあいだに捜索の重点が置かれた。

警察の実況見分は緻密《ちみつ》なものだから、下手なところに死体を遺棄すると、十一年前の死体まで掘り出される危険性がある。いくらなんでも、そんなヘマをするはずはなく、百メートルぐらいは離れた場所にするだろう——というのが浅見の考えである。

もっとも、それにしても、十一年前の女性誘拐事件の被害者が、ここに埋められている——ということ自体、かなり大胆な推測だが、警察は素人である浅見の意見を全面的に取り入れた。

しかし、鉄拐山の発掘作業も、岡地仁の足取り捜査も、ともに一日目には成果が挙がらなかった。

本当に鉄拐山に遺体が埋まっているのかどうか、作業に従事する捜査員の中には疑う者も少なくない。たかが素人の言うことを主任警部が信じたばっかりに、こんな余計な作業をさせられて、たまったものじゃない——と思いたくもなるだろう。

浅見自身、遺体が出るかどうか、結果が分かるまでは不安でしょうがない。しかし、浅見にはそのことのほかに、もっと重大な、得体の知れぬ深刻な不安があるような気がしてならないのだ。

何かを見落としている——

何かを忘れている——

それはかなり前の段階から、ずっと浅見の頭の片隅にへばりついている不安だ。あたかも借金の返済期日を忘れているような、原稿の締切り日をうっかりしているような、不安定で落ちつかない気分と言っていいかもしれない。

浅見は明日にはもう、東京へ帰るつもりであった。今夜はポートピアホテルのディナーでも食べて、ゆっくり寝たいものだ。ここまで事件を解明してしまったのだから、自分の役割は立派に果たせた――と思った。それは多少、自負に近いものがあった。

榎坂警部に請われて、捜査本部の中枢で、刻々入ってくる捜査員たちからの報告を聞きながら、浅見はまるで捜査本部長にでもなったような、いい気分でいられるはずであった。須磨警察署と兵庫県警の何十何百という捜査員が寄ってたかって解決できないでいた難事件を、この僕はあっさり一人で打ち破ってしまったのだ――と。

だが、その浮ついた気分に、トゲが刺さったような不安感が、たえず付きまとっていた。それは明らかに不吉な予感というべきものであった。

そして、その不安の正体は、日暮れ間近に捜査本部にもたらされた情報で、いっぺんに現実のものとなった。

捜査員が岡地の仕事先である白水の土木工事現場へ行き、労務管理者に確かめた結果、岡地仁の血液型は間違いなくO型だというのである。

「事務所の定期健診で何度も血液を採取していますからね、間違いようがないのだそうですよ」

前田淳子の爪に挟まっていた皮膚の血液型はAB型――。

「あっ、なんてことを……」

浅見は悲鳴のような声を洩《も》らしてしまった。

「もう一人いたんだ……」

「えっ?」と榎坂警部が浅見を非難するように睨《にら》んだ。

「もう一人いたって、浅見さん、それはどういうことですか?」

「あの日、鉢伏山に登った彼らの仲間はもう一人いたんですよ。なぜそんな単純なことを見失っていたのか……」

顔からスーッと血の気が失《う》せてゆくのが、自分でもはっきり分かった。立っているのがつらくなって、浅見は椅子に身を委《ゆだ》ねた。

「十月三十日の朝、松木と岡地が須磨浦公園駅にいたのは、ロープウェイの発車時刻を待っていたのではなく、もう一人の仲間が来るのを待っていたのです。しかし、その人物が遅れたので、しびれを切らして先に登ってしまった。

ロープウェイの発車時刻は十五分置きですが、前田さんが引き返してきた時には、すでに二人の男はいなかった。前田さんは、駅員に二人連れの男が鉢伏山に登ったかどうかを訊《き》いています。その時、『黒いジャンパー姿の男の人』と言う言葉を、遅れてきたもう一人の人物が立ち聞きしたのです。そして、その男は前田さんと一緒に鉢伏山に登って行った……」

「そうか、そいつが犯人か……」

榎坂は顔をしかめた。

「岡地が危ない……」

浅見はうわ言のように言った。

「松木の二の舞になりますよ、彼は」

「うーん……」と、榎坂も唸《うな》り声を発した。「どうします、浅見さん？」

「とにかく、彼らがワルをやっていた当時の、仲間全員の所在を捜し出すしかないと思いますが」

「そうですな、それはすぐにやりましょう」

榎坂はただちに部下に指示を出した。

「僕ももう一度、明石の吉村氏のところへ行きますよ」

もうホテルに帰ってディナー——どころではなかった。明日までで東京へ帰れる確率もほとんど消えた。

　浅見と川上はふたたび吉村春夫を訪ねた。川上は例の電話の一件があるから、下手すると頭ごなしに吉村を怒鳴りつけそうな剣幕で、浅見はひやひやものであった。

　吉村家に行くと、この前は覗《のぞ》き見しただけで姿を見せなかった夫人が現れた。かなり大柄な女性だが、腺病質《せんびょうしつ》なのか、痩《や》せて顔色が悪い。怪我でもしたのか、ほっぺたには絆創膏《ばんそうこう》を十字に貼っていて、痛々しい感じだ。

　夫人は刑事の訪問というだけで、怯《おび》えた様子を見せ、か細い声で「主人は勤めですけど」と言った。意気込んできた川上も、彼女を見て戦意喪失したらしい。「すみませんが」と、柄になく優しい声を出して、夫人に吉村が勤めるスーパーマーケットの地図を描いてもらった。

　街のほとんどの店は午後八時を過ぎるとシャッターを下ろし、メインストリートでさえ薄暗い感じだが、こんな地方都市でも深夜まで、あるいは終日営業する店は珍しくなくなった。

　スーパーといっても、コンビニエンスストアの大きい程度の店だ。店には吉村のほか、男女それぞれ一人ずつが働いていた。客はちらほらで、吉村は棚の整理をしていたが、川上と浅見の顔を見ると、ギョッとしたように周囲を見回し、腕まくりしたワイシャツの袖《そで》を下ろしながら、店の外に出てきた。

「何か用ですか？　まずいですよ店に来てもらうのは」

逆に文句を言われ、川上は「分かった分かった」と苦笑した。

「あんたがちゃんと協力してくれれば、何度も来なくてすむんやけどな。このあいだ、われわれが帰ったあと、岡地のところに電話したやろ」

「えっ？　自分は電話なんかしてませんよ」

「嘘言うたら困るな。あの直後、わしがお宅に電話したら、話し中やったで」

「そら、女房がどこかへ電話しとったのですよ。自分はしてませんよ」

「ふーん、まあいいわ、証拠もないことやし。ところで、岡地仁がどこにおるか、あんた知りませんか？」

「そやから、年賀状をもらったのをなくしてしもうた言うたでしょう」

「いや、住所は分かっとる。あんたが言うたとおり、塩屋や。しかし、あの晩以来、岡地は消えてしもうたんや」

「えっ、ほんまですか？　消えたって、どうなってしもうたんです？」

「それはこっちで訊きたいこっちゃ。早く捜さんと、岡地も松木みたいなことにならんとかぎらんのでな」

「松木みたいに言うたら、殺されるいうことですか？　まさか……」

「まさかであってもらいたいけど、その心配をしとるところですよ。じつを言うと、松木を殺したのは、あんたらの若いころの仲間の犯行と考えられておるのですがね。あんた、何か心当たりないですかね？」

「心当たりって、犯人のですか？　冗談やないですよ。そんなもん、あるわけがないじゃないですか」

吉村は嚙《か》みつきそうな顔をした。痩せておとなしそうに見えるのは外観だけで、じつは凶暴な性格の持ち主なのかもしれない。

川上は浅見を振り返った。何か質問はないか——という顔である。

「吉村さんは血液型は何型ですか？」

浅見は訊いた。

「自分ですか、自分はAB型やけど」

「AB型？……」

川上がギクリとしたように身構えた。

「はあ、そうですけど、それが何か？」

「いや、べつに何でもありません。それじゃお邪魔しました」

浅見は川上を制して店の前を離れた。

「あの野郎、AB型なんですな」

川上はいまいましそうに店を振り返った。すでに吉村の姿はない。

「そのことより川上さん、彼の腕の包帯に気がつきませんでしたか?」

「えっ、包帯してましたか? いや、しかし、野郎は長袖のシャツを着ておったように思いましたが」

「仕事をしている時は、ワイシャツの袖を捲《ま》くっていたのですよ。出て来る時に、急いで袖を引き下ろしました」

「そしたら、やつが犯人ですか?」

「一応、確かめてみる値打ちはありますね。女性の店員が帰り支度をしていたみたいですから、出て来たら吉村のことを訊いてみましょう」

「ふーん、浅見さんはよう見ておられますなあ。そうですか、女性の店員が帰り支度をしてましたか。さすがですなあ、私はまったく気がつきませんでした」

川上はむやみに感心する。

浅見の予言どおり、ものの数分後に女性の店員が私服に着替えて店を出てきた。二人の男が寄って行くと、ギョッとして逃げだしそうな恰好《かっこう》をした。

「心配しなくても、警察の者ですよ」

川上は警察手帳を示しながら、精一杯の猫なで声を出した。女性に対してはけっこう優しくなれる男らしい。

もっとも、警察だからといって、女性にとっては楽しい相手ではない。全身を硬直させ、いまにも卒倒しそうだ。

「ちょっと吉村さんのことについて訊きたいのやけど、そこの喫茶店に付き合《お》うてくれませんか？」

「はあ……」

いやとは言えず、女性は二人のあとからついてきた。馴染《なじ》みの喫茶店であることで、安心感はあったにちがいない。

女性は滝野由紀《たきのゆき》と名乗った。あの店には二年近く勤めているそうだ。

彼女の話によると、吉村は店の人間にも客にも、評判がいいらしい。

「おとなしいし、それでいて、いざという時になったら、しっかりしてはって、頼もしいって感じです」

「いざっていうと、どういう時ですか？」

浅見は面白そうに訊《き》いた。

「ああいうお店には、いろんなお客さんが見えるでしょう。時にはへんな人もきて、難癖をつけたりするんです。そういう時の吉村さんの応対の仕方っていうか、ちょっとヤクザっぽい人でも、平気で話つけて、ほんま、びっくりします」

「だとすると、腕力には自信があるのでしょうね」

「ええ、たぶんそうやと思います。ほんとか嘘か知りませんけど、昔はちょっとグレていたこともあったみたいです」

そう言ってから、滝野由紀は余計なことを喋《しゃべ》ったかな——という顔をした。

「あの、吉付さんがどうかしたのですか?」

「いや、そうじゃなくて、優良ドライバーの人選をしているのですよ」

川上は妙な口実を言ったが、滝野由紀は素直に信じた様子だ。「そしたら、私はこれでいいですか?」と、せっかく取ったコーヒーにも口をつけずに帰って行った。

「あの野郎が本ボシですな」と、川上は息巻いた。

「あんなふうにナヨナヨした感じだもんで、ちょっと騙《だま》されたが、これで間違いなく決まりでしょう」

「さあ、どうですかねえ……」

浅見は何となくピンとこない。ふつうに考えると、確かに川上の言うとおりで決まりなのかもしれないが、いまいちピタッとくるものを感じないのである。

「とにかく、やつを呼んできますよ」

川上は席を立った。この喫茶店で事情聴取をやるつもりだ。

「しかし、いまは勤務中ですよ」

浅見は気の毒がって、言った。

「なに、文句は言わせません。それがいやなら署まで来いって言うてやりますわ」

本当にそう言ったのかどうか、とにかく川上は吉村を連れて戻ってきた。

「自分がおらんと、一人きりになってしまうので、困るのやけどねえ……」

吉村は憤懣《ふんまん》やるかたないというように、仏頂面をしている。

「まあまあ、すぐにすむさかい。その代わり、ほんまのことを言うてくれなあかんで」

川上はクギを刺しておいて、単刀直入に訊いた。

「あんた、十月三十日の朝九時から十時ぐらいのあいだ、どこで何してはった?」

「十月三十日?……何ですか、それ?」

「須磨浦公園の山の上で、女の人が殺された日や」

「えーっ?　そしたら、アリバイを調べてはるのでっか?」

吉村は呆《あき》れた顔をした。演技だとしたら、かなりの名優である。

「冗談やないですよ」

「いや、冗談やお遊びで訊いとるわけやないで。ほんまにその日の朝、どこにおったか言うてもらいたいんや」

「そんなもん……十月三十日いうたら金曜日でっか？　そしたら店に出てましたよ。早番の日は、朝は八時半ごろには行ってます。夕方五時まではびっしり勤めてます」

「ほんまやろね」

「ほんまですよ。嘘や思うのやったら、店の者に訊いてくれませんか」

「ま、いいでしょう。それと、十一月七日の晩はどうやね。午後八時から九時ごろのあいだやな」

「七日いうたら、松木が殺された日のことでっか……やっぱし店におったですね。その日は遅番やから、午後十時まで一歩も店を出ておらんですよ。嘘やないですよ」

「誰も嘘とは言うておらんがな。ところで、その腕の傷はどないしたんや？」

「これはあれですよ。荷を下ろす時に木箱の角で擦《こす》っただけです……しかし参ったなあ、自分を犯人だと疑っとるのですか。それで血液型を訊いたりしとったわけですか。それは確かに自分も昔はワルやっとったころがありまっせ。けど、いまはもう人殺しどころか、暴力なんかふるわんですよ」

「しかし、店にけったいな客が来ると、えらい活躍するそうやないか」

「ああ、それはまあ仕事のうちですからね。けど、そんなに乱暴なことはせえへんです」

「奥さんを殴ったのは乱暴じゃないのでしょうか？」

浅見が穏やかに訊いた。

「えっ、女房を？……」

「ええ、ほっぺたに怪我をするくらい」

「そんなもん……」

吉村は何か言いかけて、顔色を変え、絶句した。

この展開は川上は予想していなかったにちがいない。度肝を抜かれたように浅見と吉村の顔を見比べてから、「どうなんやね？」と言った。

「どうもこうも……あんたら、うちにまで行って調べとったんですか。汚いことをしおってから……」

「しようがないやろ。人一人のいのちがかかってるんやさかいな。どうやね、岡地の居所を教えてくれんかね」

「そんなもん知らん言うとるに……」

吉村は腹立ちまぎれに怒鳴りかけて、思いとどまり、大きくため息をついて、立ち上がった。

「岡地がどこにいようと、自分には関係のないことです。もうほかに訊くことはないでしょう。帰らせてもらいまっさ」

二人の「捜査員」を見下すようにして、これまた、滝野由紀と同様、何も飲まずに行ってしまった。

「驚いたですねえ、奥さんの怪我は野郎が殴ったのですか」

川上は吉村の姿が消えたとたん、言った。

「ははは、カマをかけてみただけですよ。それより川上さん、吉村はまたどこかに電話しているかもしれません」

「あっ、そうやね。ちょっと様子を見てきます」

川上は飛び出して行って、しばらくして戻ってくると、「当たりです」と息を弾ませて言った。

「やつの姿が店に見えないもんで、もう一人の店員に訊いてみたのです。そしたら、事務所で電話しとる言うのですよ。どこにかけているのかと訊くと、奥さんのところだろうというのだが、野郎、口封じにかかったにちがいないですな」

「それとも、岡地に連絡しているのかもしれません」

「そうか、それもありえますな」

川上は目を宙に据え、「ちきしょう」と呟《つぶや》いた。

4

翌日、昼前に鉄拐山の北側の斜面から、完全に白骨化した死体が発見された。その近くでごく最近、新しく掘り返したと見られる場所があったことから、思ったより早く発見できたものである。おそらく、松木と岡地らは正確なポイントが分からずに、虚《むな》しい発掘作業を行ったにちがいない。

まもなく、衣服やバッグの残骸《ざんがい》、歯型、血液型等から、その死体が十一年前に行方不明になった女性のものであることが確認された。

一方、吉村春夫についての調べは行き詰まっていた。吉村のアリバイは、十月三十日の分についても、十一月七日の分についても、ほぼ疑う余地がないのである。スーパーの店員たち全員に口裏を合わせてくれるように頼んだとしても、これほどしっかり、言うことが一致するものではない。

榎坂警部や捜査本部の大勢としては、いち早く吉村へのこだわりを放棄して、松木や岡地の昔の仲間全員の行方を追っているのだが、川上だけは自分が接触しているだけに、吉村のアリバイを崩す方法が何かあるはずだと信じ込んでいる。

浅見は浅見で、いぜんとして、訳の分からない不安につきまとわれていた。

何か見落としているような気がしてならないのである。

ホテルに閉じこもって、あらためて事件に係《かか》わった最初の時点から、すべての出来事を思い返してみた。

神戸女子大を訪ね、篠原愛子と崎上由香里から話を聞いたのを手始めに、こんなにも深く長く事件に係わっていながら、何かこんにゃくを嚙《か》んでいるようなもどかしさが、いつまで経っても解消されない。

自分なりによくやったと評価していたつもりなのに、これはいったい何なのだ？

——と、浅見は自分に対して腹が立った。

ここまでの過程で、何一つ見落としてなどいないと思うのだが、それにも拘《かか》わらず、肝心なことを見過ごしている気分はいっこうに晴れない。

要するに、残っている謎は、須磨浦公園駅に遅れてきた「第三の男」が何者なのか

――だけなのだ。

浅見はテーブルの上に松木や岡地、それに吉村といったワル仲間が写っている写真をぶちまけた。

その連中の人相がはっきり識別できる分を、警察は大量にプリントして、浅見にも分けてくれた。

髪を黄色く染めたやつ。金ピカのボタンをいっぱいつけた革ジャンでバイクに跨《また》がって得意そうなやつ。シャコタンの窓から身を乗り出して喜んでいるやつ。真っ赤かな髪を振り乱した少女とこれ見よがしに抱き合っているやつ。カメラに向かってこどもっぽくVサインをしているやつ――どれもこれも、浅見が大嫌いな人種だ。

それにしても、この中の誰が「第三の男」なのだろう？

十八から二十歳ぐらいまで、彼らはワルを気取って、さんざん他人に迷惑をかけ、あげくの果て、殺人まで犯して、そしてその時期を過ぎたら、まるで不良学校は卒業しました――みたいに、何の贖罪《しょくざい》の努力もなしに、ケロッとして社会復帰している。いい気なものである。そんな連中を許しておいていいのか――と思う。

写真を見れば見るほど腹が立つ。浅見は写真を寄せ集めると、乱暴に束にして、あらためて床の上に叩《たた》きつけた。

部屋いっぱいに写真が散らばった。裏になったやつも多いが、表向きの写真の顔は、どれもこれもこっちを向いて馬鹿にしたように笑っている。ことに真っ赤っかの髪の少女の笑いが癇《かん》にさわった。

グループに女性は三人ぐらいいたらしい。彼女たちだって、いまはもう行いすましたような顔をして、どこかの嫁さんに納まっているのかもしれない。そういう連中に、昔のことを訊《き》いてみたいものだ。もしも、彼女たちが、真面目にこつこつ生きている人たちより幸せに暮らしていたりしたら、断じて許せない――と思った。

そう思った時、ふいに、浅見はいままで心のどこかに刺さっていたトゲが、心臓に突き刺さったような衝撃を覚えた。

（まさか――）

立ち眩《くら》みのようにふらっとして、ベッドの上に座り込んだ。

何かを見落としていた、その「何か」の正体が一瞬にして見えてきた。

（女性だ――）

須磨浦公園駅から鉢伏山へ登って行った「第三の男」は女性だったのだ。

だから、ロープウェイの係員に、いくらそれらしい「男」がいなかったかと訊いても、何も出てこなかったのだ。

前田淳子だって、もし自分のそばに男が近づいてきたら警戒しただろう。しかし相手が女性だったから、ほとんど無警戒でいたのかもしれない。むしろ、心強くさえ思ったにちがいない。

だが、その女が背後から淳子の頭めがけて鈍器を振り下ろした。

死の直前、淳子はわずかに抵抗したが、たとえ相手が女でも、すでに彼女には、死を拒絶する力は残っていなかったのだ。

浅見の脳裏には、その時の情景があざやかに浮かび上がった。前田淳子の視点を通した、真っ赤な髪を振り乱した、鬼のような女の顔が見えた。

自分にとって大切な何かを守ろうとする時、恐怖から身を守る時、女はきっと鬼になれるのだ――と思った。

浅見は屈託した気持ちを駆り立てるようにして、受話器を握った。

川上部長刑事は捜査本部にいた。「あ、浅見さん、まだ大して収穫は上がっておらんですなあ」と言っている。

「川上さん、もう一度僕と一緒に明石へ行ってくれませんか」

「明石へ？　いや、それはいっこうに構いませんが、何か？」

「それはお会いしてからお話しします。あ、それから、鶴谷さんも一緒に行ってもらったほうがいいでしょう」

川上の部下の若い刑事の名前を言った。現場でゴタゴタが生じた際、川上一人では心もとない。まして自分なんか、何の役にも立たない。

ポートライナーに乗り山陽電車に乗って、須磨寺駅まで揺られて行くあいだに、浅見の気持ちはだいぶ落ちついてきた。しかし、須磨署の石段を登る時には、自分の足がこんなに重いものかと、しみじみ思った。

浅見の顔を見るなり、川上は「何かあったのですか？」と訊いた。

その答えは車が明石市内に入るまで口にしなかった。

鶴谷の運転する車は、スーパーマーケットの駐車場に入った。

店の入口のところに、このあいだ事情聴取した滝野由紀がいて、浅見の顔を見て眉《まゆ》をひそめた。刑事という商売は、あまり人に好かれていないのだな――と、浅見は後ろから来る二人が気の毒だった。

吉村春夫はいなかった。「今日はお休みみたいです」と滝野由紀は言った。

「休み？　休暇ですか？」

浅見は客で賑《にぎ》わう店内を見回して、言った。夕飯の材料を買い込む時刻なのだろう。

レジは大忙しで働いている。

「休暇かどうか分かりませんけど……とにかくお休みしているのです」

（くそ忙しいのに――）と、早く仕事に戻りたい風情だ。

「行きましょう」

浅見は突然、強い不安を感じて背後の二人に言った。

「行くって、どこへです？」

車に戻る途中、川上まで不安が感染したような顔をして、訊いた。

「吉村の家ですよ」

つい言葉がきつくなった。

鶴谷はその口調に煽《あお》られるように、乱暴な運転をした。白バイでもいれば、とっ捕まりそうだ。

吉村家の前に車を停めて、三人は足音ばかりか、息もひそめるようにして玄関に近づいた。

「浅見さん、あそこあそこ……」

川上が建物の左側にある、駐車場兼用の細長い庭の奥を指さした。スチール製の物置のドアの前に吉村が佇《たたず》んで、ぼんやり物置の中を覗《のぞ》き込んでいる。

「行ってください」

浅見は川上に囁《ささや》いた。川上は「えっ？」と不思議そうに浅見を見返したが、鶴谷を伴って吉村に近づいた。

吉村は振り返り、刑事に気がつくと、頭を抱えてその場に座り込んだ。

川上は吉村の脇から物置を覗いて、ギョッとしてこっちを見た。

「浅見さん、岡地だ！」

はげしく手を振って、おいでおいでをしている。怖いものは見たくないが、浅見は頷《うなず》いて、仕方なく足を運んだ。

物置の隅に、岡地仁がうずくまっていた。息はなく、白目を剝《む》きだした頭部が、異様な角度でこっちにねじ曲がっている。

浅見と入れ代わりに、鶴谷が本部に連絡しに車へ走った。

「吉村、おまえが殺《や》ったのか？」

川上は押しつぶしたような声で言った。吉村は答えず、哀れみを乞《こ》うように、地面に顔を突っ伏した。

「前田さんも松木則男もおまえの犯行なんだな？」

「違いますよ、川上さん」

浅見は憂鬱《ゆううつ》そうに言い、「奥さんはどこですか?」と吉村に訊いた。

「さあ、しっかりして、案内してください」

強く叱るように言うと、吉村はノロノロと立ち上がった。涙と泥で顔中が汚れている。

勝手口から家の中に入った。ダイニングキッチンから居間へ通じる戸口のところに、母親と思われる女性がいて、ただおろおろと刑事を迎えた。

居間のソファーに吉村夫人がいた。腕に赤ん坊を抱いて、頬ずりをして、赤子のような声を立てて笑った。

「奥さん」と浅見は呼んだ。聞こえたのか聞こえなかったのか分からないような、のんびりしたタイミングで、吉村夫人はゆっくりとこっちを向いた。

幸せそうな、あどけない笑顔であった。トロンと焦点の定まらない瞳《ひとみ》が不気味だ。恐怖の重圧が、ついに彼女の精神の糸をズタズタに切り刻んだにちがいない。

この惨めな女性が、あの写真の、バイクの革ジャンの男の腰にしがみついて、赤い髪を振り乱していた少女だとは、とても信じられない気がした。

「狂ってますね」

川上が小声で言った。

浅見はそれには答えずに、「彼女がすべての事件の犯人ですよ」と言った。

「えっ、ほんまですか?……」

「少なくとも、前田淳子さん殺害の犯人であることは間違いありません」

浅見は吉村に「奥さんの血液型はAB型ですね?」と訊《き》いた。吉村はカラクリ人形のように、コクリと頷いた。

「あの頬の傷は、前田さんの爪で引っ掻《か》かれた傷痕《きずあと》ですよ。皮膚組織の鑑定をすれば、一致するはずです」

「そうか、そうだったのか……」

川上はうめき声を洩《も》らした。その声の余韻のように、サイレンの音が近づいてきた。


その場からただちに吉村夫妻は須磨警察署に連行された。赤ん坊と引き離される時の吉村の妻・奈美江《なみえ》の絶叫は、耳を押さえたくなるほど悲痛なものであった。

奈美江の精神は、事情聴取に応じる能力を失っていた。吉村春夫が彼女に代わって犯行の一部始終を語ることになった。

驚くべきことだが、吉村春夫が妻の犯罪に気づいたのは、浅見と川上が吉村を喫茶店に呼び出して、血液型のことと腕の傷のことを話し、ついでに妻の頬の傷の話をした時だったのだそうだ。

それまで、吉村は奈美江が犯行のために外出していること自体、知らなかった。そういえば、奈美江はつねに吉村が店に出ている留守の時間に外出し、犯行を重ねている。

須磨浦公園駅での松木と岡地との待ち合わせ時間に奈美江が遅れたのは、その朝、たまたま吉村が家を出るのが遅くなったための、アクシデントだった。

奈美江は駅に着いて、ロープウェイの発車時刻を待っている時、すぐ近くで、先に行った二人の男のことを尋ねている女性に気づいた。明らかに松木と岡地のことである。十一年前の犠牲者の骨を埋め替えるために登った二人の後を、その見知らぬ女性は追って行こうとしていた。

奈美江はほかの数人の乗客とともに、さり気なくその女性について旗振山を目指した。

恐れたとおり、女性は鉄拐山の北側斜面の森で「発掘作業」を行っている二人を発見して「何をしてるの？」と声をかけた。しかも、意外なことに、彼女は松木と顔見知りの間柄らしい。

女性は興味に惹《ひ》かれるまま、森の中に踏み込もうとした。森の中の二人は狼狽《ろうばい》して、この場をどう誤魔化せばいいのか、何をすればいいのか混乱状態にあった。

奈美江は躊躇《ちゅうちょ》なく、路傍の石を拾い、女性の後頭部を一撃した。

女性はあっけなく倒れた。だが、奈美江が止《とど》めを刺そうとのしかかった時、もうろうとしながら反撃にうつった。

奈美江は両手で彼女の首を絞めた。女性は苦悶《くもん》の中で手を振り回し、奈美江の顔を伸びた爪で引っ掻いた。

それが断末魔の抵抗であった。

女性が死んだのを見て、二人の男が震え上がった。あんなに突っ張っていたくせに、三十を過ぎた男は意気地がない。だいたい崖《がけ》崩れに怯えて、遺体を埋め替えようなどと言い出したのからして、情けないのだ。

もっとも、奈美江の犯行も無我夢中だった。前後の見境などまったくなかった。犯罪を隠蔽《いんぺい》するために、また新しい犯罪を犯してしまう愚かさなど、考える余裕がなかった。

もはや埋め替え作業どころではない、男二人は森の中を苦労して新しい死体を運んだ。幸い、季節はずれのウィークデーとあって、山には人っ子一人いなかった。

三人はもと来た方角に戻らず、高倉山のほうへ下った。思えば、十一年前、女性を拉致《らち》して登った坂道であった。その因縁の恐ろしさが、三人を怯えさせた。

あの夜、三人は鉄拐山でキャンプを張った。奈美江は岡地の女だった。松木の女は約束を反故《ほご》にして、キャンプに参加しなかった。誰が言い出したともなく、松木のための女を狩りに行こうという話がまとまった。

犠牲者は誰でもよかった。彼らにしてみれば、キャンプを一緒に楽しむのだから、何も悪いことはないだろう——という論理だ。そうして、もっとも手近なところで、不運な女性が生贄《いけにえ》になった。

ナイフを突きつけて黙らせ、山道を登らせた。おとなしいと思った彼女が、最後に抵抗した。脅すだけのつもりのナイフが、はずみで彼女の胸に刺さった。

それがすべての不運の始まりであった。

前田淳子の死体が発見されたニュースが流れてからというもの、三人の犯罪者は毎日が拷問にかけられているような日々であったにちがいない。

浅見という男が訪ねてきた後、松木は吉村奈美江に電話して善後策を話しあった。前田淳子を殺したのは奈美江である。松木はそのことを言って、しきりに愚痴った。

何なら、おれは自首したっていいんだ——といったようなことまで言った。

奈美江は「いい方法がある」と言い、松木を誘い出した。奈美江にとってはいい方法だったかもしれないが、松木にしてみれば、災難以外の何物でもなかった。

松木はあっけなく殺された。

岡地の不運は、それを奈美江の犯行だと思わなかったことだ。

奈美江は吉村を訪ねてきた刑事の話をドアの陰で聞いて、岡地を殺せば捜査の手掛かりがなくなると信じた。

奈美江は岡地に電話して、松木は鉄拐山で殺した前田淳子の身内に復讐《ふくしゅう》されたにちがいないと、怯えながら訴えた。そして二人は、しばらくぶりのデートを楽しんだあと、まるでカマキリの夫婦のように、メスがオスを殺した。

奈美江は岡地の死体の捨て場所に困って、とりあえず車のトランクに放り込み、自宅に持ち帰った。

その時点で、すでに奈美江の精神は異常をきたしていたと思われる。

前田淳子に引っ搔かれた頰の傷が、日増しに治るどころか青膨れに腫《は》れてくることが不気味だった。やがては怪談のお岩のように、顔中が崩れ髪の毛が抜け、化け物のようになるのではないか——と、鏡を見るのも避けるようになっていた。

もちろん、吉村には妻の異常の原因が何なのか、思い当たるものがなかった。ただ、松木の死といい、岡地の失踪《しっそう》といい、何やら得体の知れぬ不気味な影が、刑事の訪問と一緒くたになって迫ってくるのを感じていたのだそうだ。

エピローグ

神戸を去る日、浅見は神戸女子大を訪問した。白亜の建物が、小春日和の爽《さわ》やかな空を映して眩《まぶ》しい。

授業時間中とあって、キャンパス内に学生の姿はほとんど見られない。街の騒音の届かない静謐《せいひつ》の中を、浅見はゆっくりと歩いて行った。

教務課では篠原愛子ばかりでなく、手空《てす》きの職員や教授までが浅見を見にやってきた。ちょっとした英雄でも迎えるような歓迎ぶりであった。

「前田さんのことは残念ですけど、とにかく彼女の無念を晴らしてくださって、ありがとうございました」

広報を担当しているという、農学博士の肩書を持つ女性の教授が、みんなの代表格で礼を言ってくれた。

これまで関わったどの事件よりもつらい事件だっただけに、そのひと言で浅見は救われるような想いがした。

挨拶《あいさつ》を終えて大学の門を出かかった時、後ろから「浅見さーん」と追いかけてくる声に振り向いた。

崎上由香里が手を振りながら走ってくる。佇《たたず》んで待つ浅見の胸に、ドカンとぶつかるような勢いで追いついた。守衛が眩しそうな目でこっちを見ている。

「篠原さんが教えてくれたんです」

由香里は息を弾ませながら言った。

「授業中に呼び出して、至急お宅にお帰りなさい、ですって」

女ＣＩＡとしては、粋な計らいというべきだろう。

「今日、東京へお帰りだそうですね」

並んで歩きながら、寂しそうに言った。

「また来ますよ」

「えっ、ほんまですか?」

「ええ、今度来る時は、源氏物語の取材にします」

「そうですか、それがいいですね。源氏物語って、不思議なんですよね。紫式部《むらさきしきぶ》は一度も須磨や明石に来たことがないのに、ちゃんと描写しているでしょう。あれ、どうしてだか知ってます？　知らないでしょう。あれはですね、在原行平《ありわらのゆきひら》が須磨に配《はい》流《る》同然に住んでいた時の記録を参考にしたのです。昨日、図書館で調べて、はじめて知りました……」

由香里は一方的に喋《しゃべ》り、とめどもない。

こども病院前のバス停を通り過ぎたのに、二人は歩みを停めず、須磨離宮公園脇の長い坂道を下って行った。

自作解説

神戸に取材した作品には『神戸殺人事件』（角川文庫）がある。『「須磨明石」殺人事件』はそのほぼ四年後に刊行された。『神戸殺人事件』は芦屋、灘《なだ》から兵庫、長田までの広い範囲にわたって取材した作品だが、『「須磨明石」殺人事件』は神戸の西端に近い須磨区と、神戸市に隣接する明石市に材を取った。

須磨といい明石といい、いずれも風光明媚《ふうこうめいび》の地であり、『源氏物語』の昔から文学史上、重要な舞台として登場している。須磨は月の名所であり、源平合戦の古戦場としても知られる。明石も須磨とともに『源氏物語』の巻名にもなっている。わが国の中央標準時の子午線（東経百三十五度）は明石市を通る。この解説を書いている一九九八年には、対岸の淡路島を結ぶ明石海峡大橋が完成する予定だ。

『神戸殺人事件』を書いた後しばらくして、多くの読者から、神戸に取材した作品をもっと書くようにという要望が寄せられた。とくに須磨や明石に取材することを勧める意見が目立った。神戸は面白い街だし、須磨・明石はテーマとしても興味をそそった。『神戸殺人事件』からある程度時間を経過したこともあって、徳間書店刊行の次回作はそれにしようという話がまとまった。

須磨・明石の取材は平成四年（一九九二）の初夏ではなかったかと思う。どちらも初めて訪れる土地で、それぞれ楽しい旅になった。明石では名物の「玉子焼き」に舌鼓を打ったりしながら、街の中を歩き回った。タコづくしの懐石料理風の食事も忘れられない。直良信夫博士の「明石原人」発見の海岸も見学した。人丸前駅のホームにある「東経一三五度のライン」を跨《また》いだりもした。まさに『「須磨明石」殺人事件』に描いたとおりの取材を忠実に行なっている。

いっぽう、須磨のほうも丹念に取材した。とくに「神戸女子大」に取材させていただいたのが、この作品を生む決め手になった。大学名をそのまま使用する許可も頂《ちょう》戴《だい》して、大いに助かった。須磨浦公園駅からロープウェイで鉢伏山に登って、鉄拐山の裏まで抜けるハイキングを敢行した。いま思うとずいぶん若かったものである。女子大の隣にある須磨離宮公園がすばらしく、また公園の向かい側の喫茶店が洒落《しゃれ》ていて、環境も道具立ても申し分なかった。須磨寺駅付近に女子大生のアパートがあると聞いて、どんな感じか確かめにも行った。

こうして豊富な材料とエピソードを仕込んだ成果が『「須磨明石」殺人事件』である。執筆にかかってから比較的短時日で脱稿したのではなかっただろうか。この作品も当時徳間書店の編集部員だった松岡妙子氏が編集を担当しているのだが、どういう理由によるものか、彼女が担当した徳間書店の一連の作品は、すべてとは言わないが、多くが軽いノリで書けている。ちなみに以下に作品名を紹介しておこう。

『「萩原朔太郎」の亡霊』『夏泊殺人岬』『「信濃の国」殺人事件』『「首の女」殺人事件』『美濃路殺人事件』『北国街道殺人事件』『鞆の浦殺人事件』『城崎殺人事件』『隅田川殺人事件』『御堂筋殺人事件』『「紅藍の女」殺人事件』『「紫の女」殺人事件』『「須磨明石」殺人事件』『歌わない笛』

ところで、この作品の「プロローグ」で、浅見が〔つい最近、『旅と歴史』の女性編集者を見殺しにした――〕という記述がある。そのことがあって、前田淳子の行方不明に関与していくのだが、その『旅と歴史』の女性がからんだ「事件」とは、本書より少し前に書かれた『朝日殺人事件』（角川文庫）のことだ。こんなふうに、複数の作品を結びつけて書いていながら、そのほとんどを作者自身は忘れてしまっていることがしばしばある。

読み返していて、それを発見すると、浅見光彦の世界に迷い込んだような不思議な気分である。『朝日殺人事件』を読んでみたくもなる。これはひょっとすると、販売促進に役立っているのかな——などと思ったりもするのだ。

本書『「須磨明石」殺人事件』が出てから二年二ヵ月後の一九九五年一月十七日、「阪神・淡路大震災」が発生した。ちょうどそのとき、僕は帝国ホテルの一室でカンヅメ生活をして、徹夜明けの朝を迎えようとしていた。何気なくつけたテレビが、まさに発生したばかりの地震の模様を伝え始めたところだった。その時点ではまだ「死者が一名出たもようです」といった、頼りなげなアナウンスが流れていたが、市街のそこかしこから火の手が上がっているという画面の惨状からは、それどころではないことがひと目で見て取れた。

震災の爪痕《つめあと》は神戸にも明石にも深く刻まれた。僕たちが取材で歩いた辺りは、どこもひどい被害に遭った。とりわけ須磨寺駅周辺はひどかったらしい。その翌年、『崇徳伝説殺人事件』と『遺骨』を書くために京都から神戸を通り、明石海峡フェリーで淡路島へ渡ったが、神戸はいまだ復興途上にあって、中にはもはや原状に復すことが難しい地区もあるようだった。

震災から二年後の一九九七年には、須磨区で忌まわしい神戸児童連続殺傷事件が発生した。じつは本書（愛蔵版）は同年四月に発売を予定していたのだが、この事件への配慮から発売を延期することになったものである。いまこの解説を書くために読み返していて、その事件の被害者の名前と、この作品に登場する被害者の女性名の一文字が共通することに気がつき、愕然《がくぜん》とした。

さて、『「須磨明石」殺人事件』は軽いノリで書かれたと「解説」したけれど、この物語での浅見光彦の推理はなかなかのものがある。第三章の「明石原人研究会」で、松木を追及する場面の推理の冴えには惚《ほ》れ惚《ぼ》れした。松木が「なぜ警察は犯人の血液型を知ったのだろう?」という疑問を投げかけたことに対して、次から次へと論理を繰り広げる。

その松木が浅見の追及を受けた直後に殺害されるといった、読者はもちろん、作者自身の予測もつかないようなストーリーの展開が面白い。そして極めつけは意外な犯人。

すでにお読みになった読者に、作品の感想を押しつけるのはどうかと思うが、浅見と由香里のやりとりのテンポもいいし、終始面白く読めた。プロットの面白さばかりでなく、神戸市が進めてきた「山、海へ行く」というプロジェクトとからめて、事件ストーリーが作られていることも、この作品の重要な特質だった。『「須磨明石」殺人事件』は僕の数多い「旅情ミステリー」の中でも、白眉《はくび》といっていい本格派だと思えてきた。

一九九八年二月

内田　康夫

参考文献

『須磨の歴史』 神戸女子大学史学研究室編著
『学問への情熱』 直良信夫　佼成出版社

古墳に関する記述は「山陽ニュース」に掲載された真野修氏（神戸古代史研究会会員）の記述を使わせていただきました。

＊

この作品はフィクションであり、文中に登場する人物、団体名は、実在するものとまったく関係ありません。なお、風景や建造物など、現地の状況と多少異なっている点があることをご了解ください。（著者）

本書は2000年3月徳間文庫として刊行されたものの新装版です。

徳間文庫

「須磨明石《すまあかし》」殺人事件《さつじんじけん》

〈新装版〉

2018年9月15日 初刷

著者 内《うち》田《だ》康《やす》夫《お》

発行者 平野健一

発行所 株式会社 徳間書店

東京都品川区上大崎三-一-一 〒141-8202
目黒セントラルスクエア

電話 編集〇三(五四〇三)四三四九
販売〇四八(四五一)五九六〇

振替 〇〇一四〇-〇-四四三九二

印刷 凸版印刷株式会社

製本 株式会社宮本製本所

ISBN978-4-19-894387-5